O ELEFANTE do MÁGICO

O ELEFANTE do MÁGICO

KATE DiCAMILLO
ilustrado por Yoko Tanaka

Tradução:
Rodrigo Neves

Revisão da tradução:
Monica Stahel

Ortografia atualizada

wmf martinsfontes

SÃO PAULO 2020

Esta obra foi publicada originalmente em inglês com o título
THE MAGICIAN'S ELEPHANT
por Walker Books Limited, Londres
Copyright © 2009 Kate DiCamillo para o texto
Copyright © 2009 Yoko Tanaka para as ilustrações
Publicado por acordo com Walker Books Limited, London SE11 5HJ
Copyright © 2009, Editora WMF Martins Fontes Ltda.,
São Paulo, para a presente edição.

1ª edição 2009
4ª tiragem 2020

Tradução
RODRIGO NEVES

Revisão da tradução
Monica Stahel
Acompanhamento editorial
Luzia Aparecida dos Santos
Revisões
Helena Guimarães Bittencourt
Márcia Leme
Produção gráfica
Geraldo Alves
Paginação
Moacir Katsumi Matsusaki

Dados Internacionais de Catalogação na Publicação (CIP)
(Câmara Brasileira do Livro, SP, Brasil)

DiCamillo, Kate
  O elefante do mágico / Kate DiCamillo ; ilustrações Yoko Tanaka ; tradução Rodrigo Neves ; revisão da tradução Monica Stahel. – São Paulo : Editora WMF Martins Fontes, 2009.

  Título original: The magician's elephant.
  ISBN 978-85-7827-149-7

  1. Literatura infantojuvenil I. Tanaka, Yoko. II. Título.

09-07467   CDD-028.5

Índices para catálogo sistemático:
1. Literatura infantil   028.5
2. Literatura infantojuvenil   028.5

Todos os direitos desta edição reservados à
Editora WMF Martins Fontes Ltda.
Rua Prof. Laerte Ramos de Carvalho, 133 01325-030 São Paulo SP Brasil
Tel. (11) 3293.8150 e-mail: info@wmfmartinsfontes.com.br
http://www.wmfmartinsfontes.com.br

Para H.S.L. e A.M.T.
eles caminharam à minha frente
K.D.

Para Daniel Favini, que magicamente apareceu
na minha vida e fez meu mundo florescer.
Y.T.

Capítulo um

No final do século retrasado, no mercado da cidade de Baltese, um menino de chapéu na cabeça segurava uma moeda. Seu nome era Peter Augustus Duchene, e a moeda não era sua, mas de seu tutor, um velho soldado chamado Vilna Lutz, que o mandara ao mercado para comprar peixe e pão.

Naquele dia, no mercado, em meio às barracas sem nada de especial e absolutamente comuns dos vendedores de peixe e de tecido, dos padeiros e dos prateiros, surgira, sem aviso nem rebuliço, a tenda vermelha de uma vidente. Nela, havia um cartaz no qual se liam em garranchos miúdos as seguintes palavras: *As perguntas mais profundas e difíceis que a mente e o coração humanos são capazes de formular serão respondidas aqui dentro pelo preço de um florite.*

Peter leu e releu o pequeno cartaz. A audácia das palavras, a promessa desconcertante, de repente, o deixaram sem ar. Ele olhou para a moeda, um único florite, em sua mão.

– Mas não posso fazer isso – disse a si mesmo. – Decididamente, não posso, pois, se fizer, Vilna Lutz vai querer saber o que aconteceu com o dinheiro e terei de mentir, e mentir é uma coisa muito desonrosa.

Ele pôs a moeda no bolso. Tirou o chapéu de soldado e o colocou de volta. Afastou-se do cartaz, reaproximou-se e pensou nova-

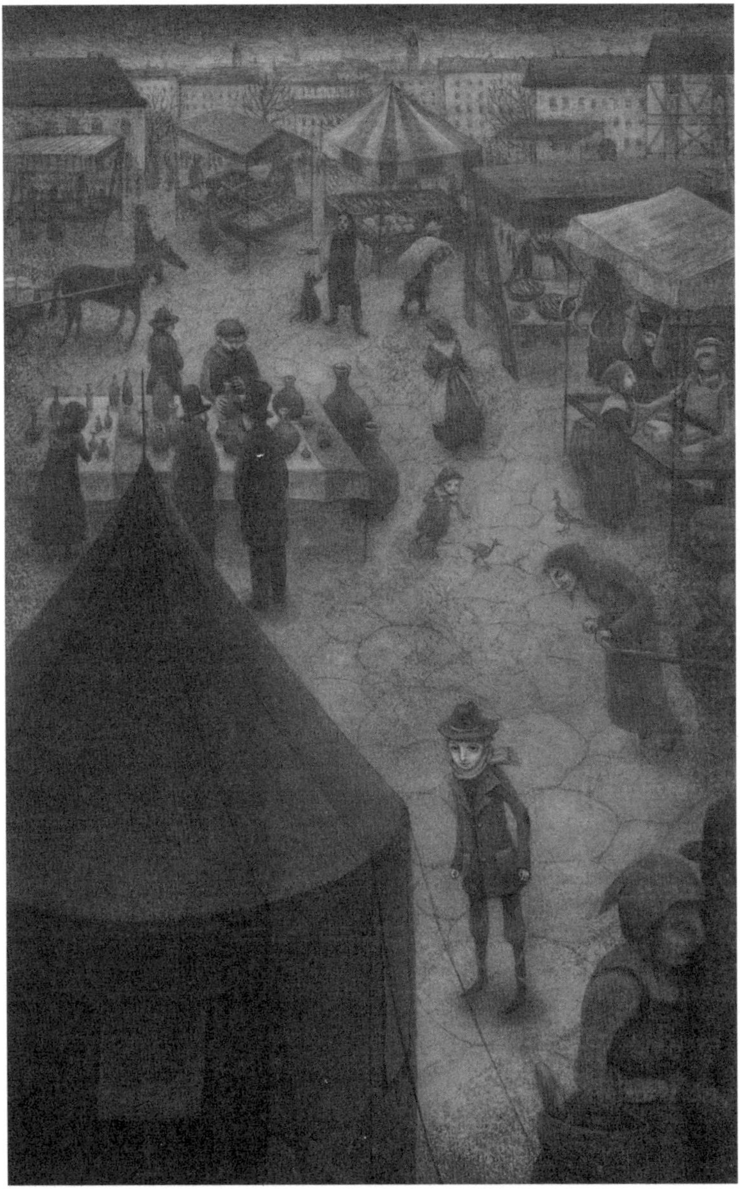

mente naquelas palavras absurdas e maravilhosas.

– Mas preciso saber – disse por fim, pegando o florite do bolso. – Quero saber a verdade. Por isso vou consultá-la. Mas não mentirei, pois, assim, continuarei sendo honrado, pelo menos em parte.

Com essas palavras, Peter entrou na tenda e entregou a moeda à vidente.

E ela, sem nem sequer olhar para o menino, avisou.

– Um florite dá para apenas uma pergunta, e só uma. Entendeu?

– Entendi – disse Peter.

Ele havia se colocado diante do pequeno feixe de luz que entrava, sorrateiro, pela abertura da tenda. Deixou que a vidente pegasse sua mão. Ela a examinou com cuidado, movendo os olhos para lá e para cá, para lá e para cá, como se houvesse uma verdadeira hoste de palavras minúsculas inscritas nela, todo um livro sobre Peter Augustus Duchene escrito em sua palma.

– Huh? – ela disse por fim. Largou a mão do menino e levantou a cabeça, apertando os olhos. – Mas, claro, você é uma criança.

– Tenho dez anos – disse Peter, tirando o chapéu e se aprumando para ficar o mais alto possível. – E estou treinando para me tornar um soldado corajoso e leal. Mas a minha idade não importa. Você pegou o dinheiro, então agora tem de me dar uma resposta.

– Um soldado corajoso e leal? – disse a vidente, rindo, e cuspiu no chão. – Pois bem, soldado corajoso e leal, se você disse, está dito. Faça-me a pergunta.

Peter sentiu uma leve pontada de medo. E se, depois de todo esse tempo, não suportasse a verdade? E se não quisesse realmente saber?

– Fale – disse a vidente. – Pergunte.

– Meus pais.

— É essa a sua pergunta? Estão mortos.

As mãos de Peter começaram a tremer.

— Minha pergunta não é essa — ele disse.
— Isso eu já sei. Você tem de me contar algo que ainda não sei. Quero saber de outra pessoa, quero saber da...

Os olhos da vidente se estreitaram.

— Ah! Dela? Da sua irmã? É essa a sua pergunta? Pois bem, ela está viva.

O coração de Peter agarrou-se àquelas palavras. *Ela está viva. Ela está viva!*

— Não, espere — disse Peter. Fechou os olhos. Concentrou-se. — Se ela está viva, preciso encontrá-la, então minha pergunta é: como chego até ela, onde ela está?

Peter manteve os olhos fechados; esperou.

— O elefante — disse a vidente.

— Como é? — ele disse, abrindo os olhos, certo de que ouvira mal.

— Você deve seguir o elefante. Ele o levará até sua irmã.

O coração de Peter, que subira às alturas dentro do peito, agora voltava devagarinho ao lugar. Ele colocou o chapéu na cabeça.

— Está se divertindo à minha custa. Não há elefantes aqui.

— Isso é verdade — disse a vidente. — É verdade, sim, pelo menos por enquanto. Mas talvez você não tenha reparado: a verdade está sempre mudando. — Ela piscou para o menino. — Tenha paciência. Você vai ver.

Peter saiu da tenda. O céu estava cinzento e carregado, mas em toda parte havia pessoas conversando e rindo. Vendedores gritavam, crianças choravam e, no meio de tudo aquilo, um mendigo com um cão preto cantava uma música sobre a escuridão.

Não havia nenhum elefante à vista.

Ainda assim, o coração teimoso de Peter não sossegava. Pulsava repetidas vezes aquelas três palavras impossíveis: *Ela está viva, ela está viva, ela está viva.*

Seria verdade?

Não, não seria, pois aquilo significava que Vilna Lutz havia mentido para ele, e mentir não era nada honroso para um soldado, para um oficial superior. Vilna Lutz não mentiria. Certamente não faria isso.

Ou faria?

— É inverno — cantou o mendigo. — Está escuro e frio, nada é o que parece, a verdade está sempre mudando.

— Não sei qual é a verdade — disse Peter —, mas sei que devo confessar. Preciso contar a Vilna Lutz o que fiz. — Ele endireitou as costas, ajeitou o chapéu e tomou o longo caminho de volta ao Condomínio Polonaise.

Enquanto caminhava, a tarde de inverno transformava-se em crepúsculo e a luz cinzenta dava lugar à escuridão, e Peter pensava consigo: *A vidente está mentindo; não, Vilna Lutz está mentindo; não, é a vidente que está men-*

tindo; não, não, é Vilna Lutz... e foi assim durante todo o caminho de volta.

Quando chegou ao Condomínio Polonaise, Peter subiu lentamente a escada que levava ao sótão, colocando um pé cuidadosamente à frente do outro, pensando a cada passo: *Ele está mentindo; ela está mentindo; ele está mentindo; ela está mentindo.*

O velho soldado o aguardava, sentado numa cadeira perto da janela, uma única vela acesa, os planos de batalha no colo, sua sombra projetada na parede de trás.

– Está atrasado, Recruta Duchene – disse Vilna Lutz. – E está de mãos vazias.

– Senhor – disse Peter, tirando o chapéu. – Não trouxe nem peixe nem pão. Gastei o dinheiro com uma vidente.

– Uma vidente? – disse Vilna Lutz. – Uma vidente! – E bateu no assoalho com o pé esquerdo, que era de madeira. – Uma vidente? Explique-se.

Peter não respondeu.

Toc, toc, toc, fazia o pé de madeira de Vilna Lutz, toc, toc, toc.

— Estou esperando, Recruta Duchene, estou esperando uma explicação.

— É que tenho dúvidas, senhor — disse Peter. — E sei que não deveria ter dúvidas...

— Dúvidas! Dúvidas? Explique-se.

— Senhor, não sei explicar. Tentei fazer isso durante todo o trajeto até aqui. Não há razão que explique.

— Então muito bem — disse Vilna Lutz. — Eu explico, pode deixar. O senhor gastou um dinheiro que não era seu. Gastou dinheiro bobamente. Agiu de maneira desonrosa. E será punido. O senhor irá para seu aposento sem sua ração noturna.

— Sim, senhor — disse Peter, mas continuou de pé, chapéu na mão, diante de Vilna Lutz.

— Quer dizer mais alguma coisa?

— Não. Sim.

— Qual dos dois? Não? Ou sim?

— Alguma vez o senhor já mentiu? — perguntou Peter.

— Eu?

— É, o senhor.

Vilna Lutz empertigou-se na cadeira. Ergueu a mão e afagou a barba, seguindo seu contorno, certificando-se de que os fios estavam dispostos de modo a formar um cavanhaque pontiagudo, militar. E disse:

— Você, que gasta o dinheiro que não é seu... você, que gasta o dinheiro dos outros bobamente... *você* vem perguntar se *eu* já menti?

— Sinto muito, senhor.

— Eu sei — disse Vilna Lutz. — Está dispensado. — Ele ergueu os planos de batalha, olhou-os contra a luz da vela e murmurou para si mesmo. — Assim, depois tem de ser assim e depois... assim.

Mais tarde naquela noite, depois que a vela se apagou, o cômodo ficou escuro e Vilna Lutz começou a roncar na cama, Peter Augustus Duchene deitou-se em sua esteira no chão, olhou para o teto e pôs-se a pensar: *Ele está mentindo; ela está mentindo; ele está mentindo; ela está mentindo.*

Alguém está mentindo, só não sei quem.

Se ela estiver mentindo, com aquela conversa ridícula de elefante, então sou mesmo, como Vilna Lutz disse, um bobo – um bobo que acredita que um elefante vai aparecer e me levar até minha irmã que está morta.

Mas, se ele estiver mentindo, então minha irmã está viva.

Seu coração bateu forte.

Se ele estiver mentindo, então Adele está viva.

– Tomara que ele esteja mentindo – Peter disse em voz alta para a escuridão.

E seu coração, espantado com tamanha deslealdade, perplexo com a materialização de um sentimento tão pouco militar, bateu forte novamente, dessa vez com muito mais violência.

Não muito distante do Condomínio Polonaise, além dos telhados das casas na escuridão da noite invernal, erguia-se a Ópera Bliffendorf, e, no seu palco, naquela noite, um mágico de idade avançada e má reputação apresentou o truque mais impressionante de sua carreira.

Ele pretendia fazer aparecer um buquê de lírios, mas, em vez disso, fez aparecer um elefante.

O elefante despencou do teto do teatro em meio a uma chuva de pó de gesso e telhas de ardósia e caiu no colo de uma nobre senhora chamada Madame Bettine La Vaughn, a quem o mágico pretendera entregar o buquê.

Madame La Vaughn teve as pernas esmagadas. Dali em diante, viveu confinada a uma cadeira de rodas, frequentemente exclamando, com voz de espanto, no meio de alguma conversa que não tinha nada a ver com elefantes e tetos: "Acho que você não entendeu, foi um elefante que me aleijou! O elefante que caiu do teto me aleijou!"

Quanto ao mágico, ele foi preso no mesmo instante, por solicitação de Madame La Vaughn.

O elefante também foi preso.

Foi trancado num estábulo. Amarraram-lhe o tornozelo esquerdo com uma corrente e prenderam a corrente a uma barra de ferro enterrada no chão.

No começo, o elefante sentiu apenas uma coisa: tontura. Quando mexia a cabeça rápido demais para a direita ou para a esquerda, via o mundo girar de modo realmente assustador. Por isso, parou de mexer a cabeça. Fechou os olhos e os manteve fechados.

Havia muita algazarra e agitação ao seu redor. Ele tentava ignorar tudo isso. O que mais queria era que o mundo ficasse parado.

Depois de algumas horas, a tontura passou. O elefante abriu os olhos, olhou em volta e viu que não sabia onde estava.

Sabia apenas uma coisa.

O lugar onde estava não era o lugar onde deveria estar.

O lugar onde estava não era o seu lugar.

Capítulo dois

No dia seguinte à noite em que o elefante surgiu, Peter voltou ao mercado. A tenda da vidente já não estava lá, e o menino havia recebido outro florite. O velho soldado falara longamente e com detalhes excruciantes sobre o que ele deveria comprar com a moeda. Primeiro, pão, e tinha de ser pão feito há pelo menos um dia, de preferência há dois dias, mas, se conseguisse achar pão de três dias, seria melhor ainda.

— Com efeito, veja se consegue achar um pedaço de pão mofado — disse Vilna Lutz. — Comer pão velho é um ótimo treino para quem deseja ser soldado. O soldado tem de se acostumar com pão duro, difícil de mastigar. Fortalece os dentes. E dentes fortes fazem o coração ficar forte e, com isso, temos um soldado corajoso. É, sim. Acho que é verdade. Estou certo de que é verdade.

A ligação entre pão duro, dentes fortes e coração forte era um mistério para Peter, mas, conversando com Vilna Lutz naquela manhã, ele percebeu que o velho soldado estava novamente sob efeito da febre e dizendo coisas sem sentido.

— Você deve pedir ao peixeiro dois peixes apenas — disse Vilna Lutz. O suor brilhava em sua testa. A barba estava úmida. — Peça-lhe os menores. Peça-lhe os peixes que as outras pessoas recusariam. Ora, peça-lhe o peixe que os outros peixes têm vergonha de chamar de peixe. Volte com o menor deles, mas não volte, repito, não volte de mãos vazias com as mentiras das videntes na boca! Eu me corrijo! Eu me corrijo! Dizer "as mentiras das videntes" é uma redundância. O que sai da boca das videntes é, por definição, uma mentira, e você, Recruta Duchene, você deve, você *precisa* trazer o menor peixe que encontrar.

Assim, no mercado, enquanto esperava na fila do peixeiro, Peter pensava na vidente, na irmã e nos elefantes, nas febres e nos peixes excepcionalmente pequenos. Também pensava nas mentiras, em quem estava mentindo e quem não estava e no que significava ser um soldado honrado e leal. E, por conta de tudo isso que lhe passava pela cabeça, não estava prestando muita atenção ao que o peixeiro dizia à mulher que estava na sua frente na fila.

— Bom, não era lá um grande mágico e, além disso, ninguém esperava grande coisa:

a verdade é essa. Foi tudo inesperado. – O peixeiro limpou as mãos no avental. – Ele não tinha prometido nada de extraordinário e a plateia também não estava esperando muita coisa.

– Mas quem espera algo extraordinário hoje em dia? – disse a mulher. – Eu, não. Já cansei de esperar por algo extraordinário. – Ela apontou para um peixe grande. – Por que não me dá uma dessas cavalas?

– Cavala – disse o homem, jogando o peixe na balança. Era um peixe muito grande. Vilna Lutz não teria aprovado.

Peter examinou o que havia para escolher. Seu estômago roncou. Estava faminto e preocupado. Não havia nada que fosse suficientemente pequeno para agradar ao velho soldado.

– Também quero peixe-gato – disse a mulher. – Quero três. Com bigodes bem longos, certo? São mais saborosos.

O homem pôs três peixes-gato na balança.

— Bom — ele continuou —, estavam todos ali sentados, a nobreza, as senhoras, os príncipes e as princesas, todos reunidos no teatro, sem esperar grande coisa. E o que foi que tiveram?

— Não faço a menor ideia — disse a mulher. — O que os grã-finos têm é, sem dúvida, um mistério para mim.

Peter se apoiava ora num pé ora no outro, nervoso. Imaginava o que lhe aconteceria se não levasse para casa um peixe suficientemente pequeno. Não dava para prever o que Vilna Lutz poderia dizer ou fazer quando tomado por um de seus terríveis acessos de febre, tão recorrentes.

— Bom, eles não estavam esperando um elefante, disso eu tenho certeza.

— Um elefante! — disse a mulher.

— Um elefante? — disse Peter. Ao ouvir a palavra impossível na boca de outra pessoa, o menino sentiu um choque elétrico percorrê-lo da ponta dos pés ao topo da cabeça e deu um passo para trás.

– Um elefante! – disse o peixeiro. – Ele despencou do teto do teatro e caiu bem em cima de uma nobre senhora chamada La Vaughn.

– Um elefante – murmurou Peter.

– Ha! – disse a mulher – ha, ha. Isso não é possível.

– Mas aconteceu – disse o peixeiro. – Quebrou as pernas dela!

– Ora, o mais engraçado é que minha amiga Marcelle lava as roupas de linho de Madame La Vaughn. Que mundo pequeno!

– É verdade.

– Ora, faça-me o favor – disse Peter –, um elefante. Elefante. Tem certeza do que está dizendo?

– Tenho – confirmou o peixeiro. – Eu disse elefante.

— E ele despencou do teto?

— Pois foi isso que acabei de dizer!

— E sabe onde está esse elefante?

— A polícia o pegou.

— A polícia! — exclamou Peter, levando a mão ao chapéu. Tirou-o, colocou-o de volta e o tirou novamente.

— O garotinho está tendo algum tipo de piripaque com o chapéu? — a mulher perguntou.

— É exatamente o que a vidente disse — falou Peter. — Um elefante!

— Como é? — perguntou o peixeiro. — Quem foi que disse isso?

— Não importa. O que importa é que o elefante apareceu e o que isso quer dizer.

— E o que isso quer dizer? — perguntou o peixeiro. — Fiquei curioso.

— Que ela está viva — disse Peter. — Que ela está viva.

— Ah, que bom! É sempre bom saber que as pessoas estão vivas, não é?

— Claro, por que não? — disse a mulher. — Mas o que quero saber é o que aconteceu com quem começou tudo isso. Onde está o mágico?

— Foi preso — disse o peixeiro. — É, foi preso. Eles o colocaram na pior das celas e jogaram a chave fora.

A cela do mágico era pequena e escura. Mas havia uma janela no alto. À noite, ele se deitava sobre sua capa no colchão de palha e fitava a escuridão do mundo pela janela. O céu estava quase sempre carregado, mas, às vezes, quando olhava por bastante tempo, as nuvens abriam-se com relutância e revelavam uma estrela de extraordinário brilho.

— Só queria fazer aparecer lírios — dizia o mágico para a estrela. — Era só o que eu queria: um buquê de lírios.

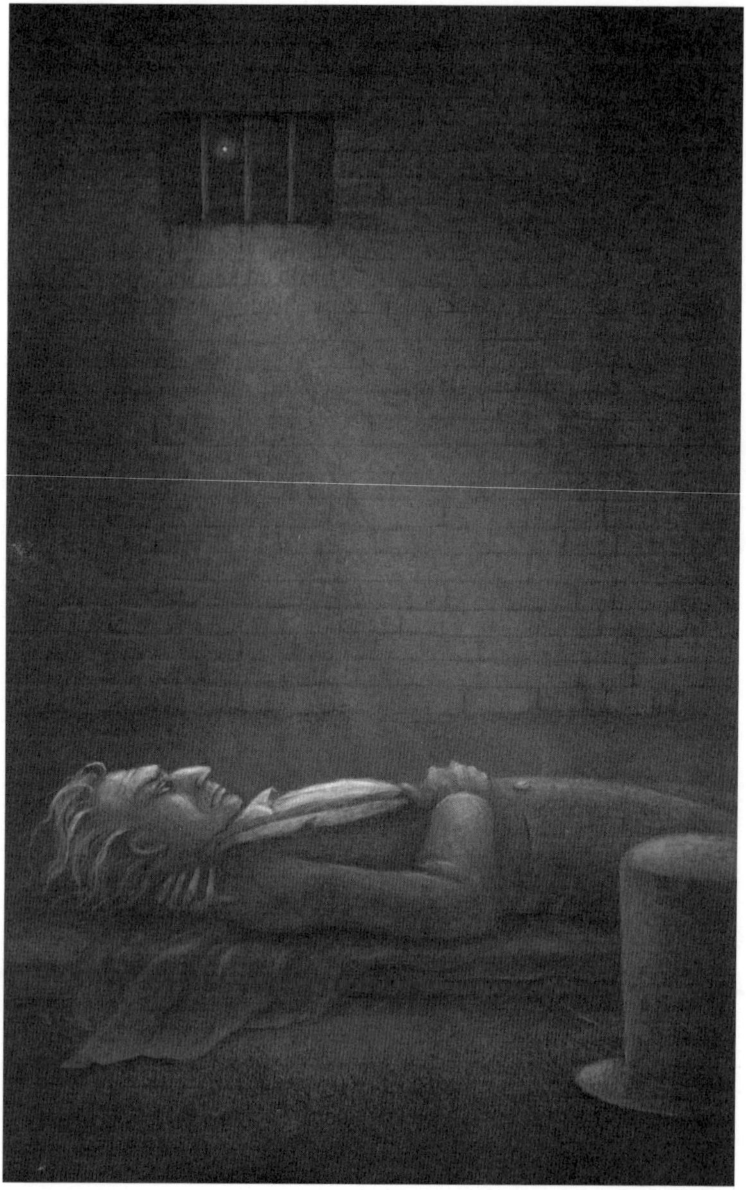

Mas isso não era bem verdade.

Sim, o mágico pretendera fazer aparecer lírios.

Mas no palco da Ópera Bliffendorf, diante de uma plateia indiferente a qualquer truque que ele viesse a realizar e que estava apenas esperando que ele saísse para que a verdadeira mágica (a música do violinista virtuoso) começasse, o mágico foi tomado de repente, e com certa intensidade, pela certeza de que havia desperdiçado sua vida.

Assim, naquela noite, ele fez a prestidigitação que resultaria em lírios, mas, ao mesmo tempo, murmurou uma fórmula mágica que seu professor lhe ensinara havia muito tempo. Sabia que aquelas palavras eram poderosas e também, dadas as circunstâncias, um tanto inadequadas. Mas queria fazer algo espetacular.

E foi o que aconteceu.

Naquela noite, no teatro, antes de o mundo inteiro explodir em gritos, sirenes e acusações, o mágico viu-se diante da enorme criatura, deleitando-se com seu cheiro – maçã desidratada, papel embolorado, esterco. Ele ergueu o braço, tocou-lhe o peito com uma das mãos e sentiu, por um instante, o solene bater do coração do elefante.

Isso, ele pensou, *eu fiz isso*.

Mais tarde naquela mesma noite, quando todas as autoridades imagináveis (o prefeito, um duque, uma princesa, o chefe de polícia) ordenaram que mandasse o elefante de volta, que o fizesse desaparecer, em suma, que *sumisse* com ele, o mágico repetira o feitiço diligentemente, pronunciando as palavras de trás para a frente, conforme aprendera, mas nada aconteceu. O elefante continuou absolutamente, enfaticamente, inegavelmente *ali*, sendo sua própria presença a prova indiscutível dos poderes do mágico.

Quisera fazer aparecer lírios; sim, talvez.

Mas também desejara realizar uma mágica de verdade.

Tinha conseguido.

Assim, apesar do que dizia à estrela que às vezes aparecia no céu, ele não se sentia arrependido.

A estrela, convém dizer, não era uma estrela.

Era o planeta Vênus.

Os registros mostram que ele brilhou de maneira particularmente intensa naquele ano.

Capítulo três

O chefe de polícia de Baltese era um homem que seguia os estatutos e os regulamentos ao pé da letra. No entanto, após ter consultado diversas vezes o manual da polícia, cada vez mais nervoso, ele não conseguiu encontrar nenhuma palavra, nenhuma sílaba, nenhuma letra que explicasse o modo correto de lidar com uma criatura que aparecesse do nada, destruísse o telhado de um teatro e aleijasse uma nobre senhora.

Assim, com grande relutância, ele pediu a opinião de seus subordinados a respeito do que deveria ser feito com o elefante.

— Senhor! — disse um dos jovens tenentes. — Ele apareceu. Vamos ter paciência, talvez ele desapareça.

— E ele parece que vai desaparecer? — perguntou o chefe de polícia.

— Senhor? — disse o jovem tenente. — Acho que não entendi a pergunta.

— Já estou ciente da sua falta de entendimento — disse o chefe. — A sua falta de entendimento aparece tanto quanto o elefante e parece-me ainda menos provável que vá desaparecer.

— Sim, senhor — disse o tenente, franzindo a testa. Pensou por um instante. — Obrigado, senhor. Estou certo disso.

O diálogo foi seguido de um longo e doloroso silêncio. Os policiais mexiam os pés, impacientes.

— É simples — disse um deles, por fim. — O elefante é um criminoso. Portanto, tem de ser julgado como criminoso e punido como criminoso.

— Mas por que o elefante é um criminoso? — perguntou um policial baixinho e bigodudo.

— Por que o elefante é um criminoso? — repetiu o chefe de polícia.

— Sim — disse o policial baixinho, cujo nome era Leo Matienne —, por quê? Se o mágico tivesse atirado uma pedra na janela, o senhor culparia a pedra pela janela quebrada?

— Que tipo de mágico atira pedras? — disse o chefe. — Que truque mais esfarrapado é esse de atirar pedras?

— O senhor não entendeu — disse Leo Matienne. — Eu quis dizer que o elefante não pediu para despencar do teto do teatro. Algum elefante sensato acaso desejaria uma coisa dessas? E, se não foi por vontade dele, como podemos culpá-lo pelo que aconteceu?

— Peço-lhe uma solução viável — disse o chefe de polícia, levando as mãos à cabeça.

— Sim — disse Leo Matienne.

— Pergunto-lhe que medida tomar — disse o chefe de polícia, puxando os cabelos com as duas mãos.

— Sim — repetiu Leo Matienne.

— E você vem me falar de elefantes sensatos e do que eles desejam? — gritou o chefe de polícia.

— Acho que é pertinente, senhor — disse Leo Matienne.

— Ele acha que é pertinente. Acha que é pertinente — disse o chefe de polícia, puxando os cabelos com o rosto muito vermelho.

— Senhor — disse outro policial —, e se encontrássemos um lar para o elefante?

— É — disse o chefe, virando-se para encarar o policial que acabara de falar. — Por que não pensei nisso antes? Vamos mandar o elefante agorinha mesmo para o Lar dos Elefantes Desobedientes que se Metem a Fazer Coisas Indesejáveis contra a Própria Vontade. É ali no final da rua, não é?

— Jura? — disse o policial. — É mesmo? Não sabia. Há tantas boas instituições de caridade nesta época iluminada que é quase impossível conhecer todas.

O chefe de polícia puxou os cabelos com toda a força.

— Saiam — disse com calma. — Saiam. Vou resolver esse problema sem a ajuda de vocês.

Um por um, os policiais deixaram a delegacia.

O oficial baixinho foi o último a sair. Levantou o chapéu ao passar pelo capitão.

— Desejo-lhe uma boa noite, senhor — ele disse —, e peço que reconsidere a ideia de que o elefante só tem culpa de ser elefante, mais nada.

— Saia — disse o chefe de polícia —, por favor.

— Boa noite, senhor — disse Leo Matienne novamente. — Boa noite.

O policial baixinho foi caminhando para casa sob a escuridão das primeiras horas da noite. Enquanto caminhava, assobiava uma canção triste e pensava no destino do elefante.

A seu ver, o chefe de polícia estava fazendo as perguntas erradas.

As perguntas que tinham importância, que deveriam ser feitas, eram as seguintes: De onde viera o elefante? E o que significava ele ter vindo à cidade de Baltese?

E se ele fosse apenas o primeiro de uma série de elefantes? E se, um por um, todos os mamíferos e répteis da África fossem trazidos aos palcos dos teatros da Europa?

E se crocodilos, girafas e rinocerontes também começassem a despencar dos tetos?

Leo Matienne tinha alma de poeta e, por essa razão, gostava de refletir sobre questões que não tinham resposta.

Gostava de perguntar "E se?", "Por que não?" e "Não seria possível?"

Leo chegou ao topo da colina e parou. Lá embaixo, o lampianista acendia os lampiões ao longo da larga avenida. O policial ficou observando enquanto, um a um, eles se acendiam.

E se o elefante estivesse trazendo uma mensagem de grande importância?

E se tudo estivesse para mudar irrevogável e inegavelmente com a chegada do elefante?

Leo permaneceu no topo da colina por um longo tempo, esperando até que toda a avenida se iluminasse. Então desceu pela encosta e rumou para casa, pela avenida iluminada.

Assobiava pelo caminho.

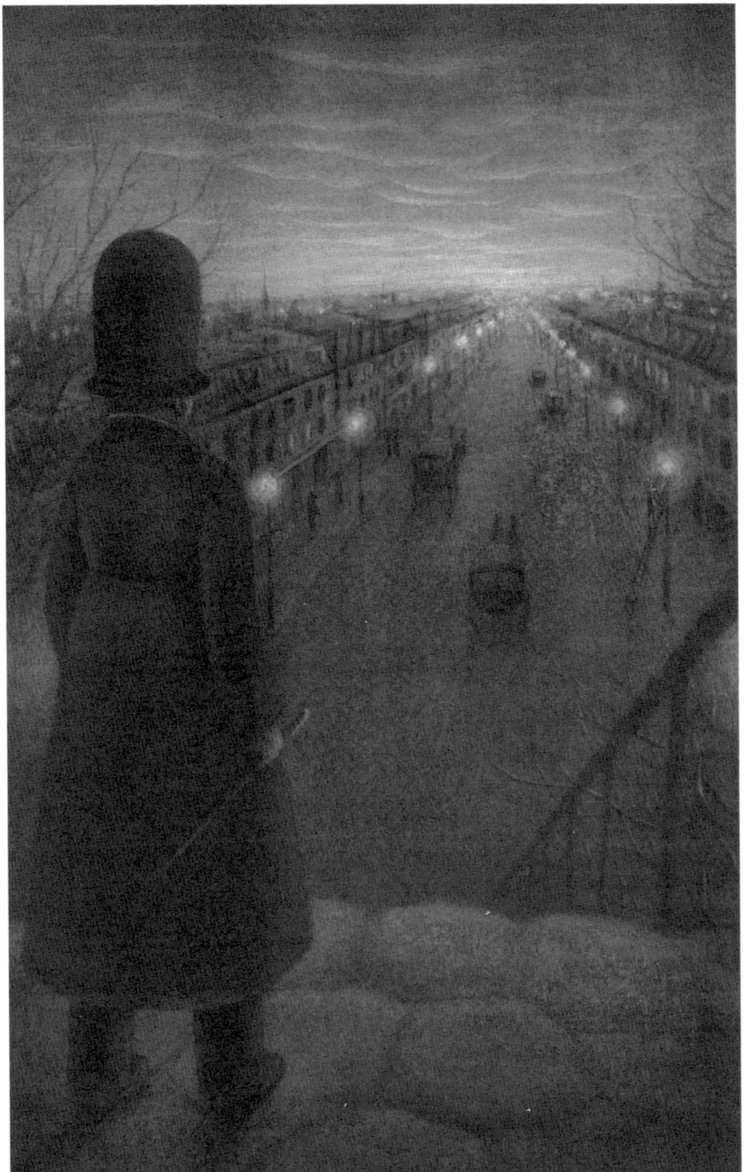

E se? Por que não? Não seria possível?, cantava o coração entusiasmado e pensativo de Leo Matienne.

E se?

Por que não?

Não seria possível?

Peter estava na janela do sótão do Condomínio Polonaise. Ouviu Leo Matienne antes de vê-lo; isso sempre acontecia, por causa do assobio.

Ele esperou o policial aparecer, abriu a janela, colocou a cabeça para fora e gritou:

— Leo Matienne, é verdade que apareceu um elefante, que ele despencou do teto e que agora está com a polícia?

Leo parou. Olhou para cima.

— Peter — ele disse, sorrindo. — Peter Augustus Duchene, meu vizinho, pequeno cuco do sótão. Apareceu um elefante, sim. É verdade. E também é verdade que ele está sob a custódia da polícia. O elefante está preso.

— Onde?

— Não posso dizer — respondeu Leo Matienne. — Não posso dizer porque, infelizmente, não sei. Estão mantendo isso em absoluto sigilo, já que os elefantes são criminosos tão perigosos e perturbadores.

— Feche a janela — gritou Vilna Lutz da cama. — É inverno e está frio.

Era inverno, verdade.

E também era verdade que estava muito frio.

Mas até no verão, em meio aos seus estranhos acessos de febre, Vilna Lutz reclamava do frio e pedia que fechassem a janela.

— Obrigado — disse Peter a Leo Matienne. Fechou a janela, virou-se e olhou para o velho.

— Do que estava falando? — perguntou Vilna Lutz. — Que absurdo era esse que você estava gritando pela janela?

— Um elefante, senhor — disse o menino. — É verdade. Leo Matienne diz que é verdade. Chegou um elefante. Há um elefante em Baltese.

— Elefantes — disse Vilna Lutz. — Bah! Criaturas imaginárias, habitantes de bestiários imaginários, demônios sabe-se lá de onde. — Ele se recostou no travesseiro, exaurido pelo discurso inflamado, mas depois se levantou de novo. — Silêncio! Será que estou ouvindo disparos de mosquete, estrondos de canhão?

— Não, senhor — disse Peter. — Não está.

— Demônios, elefantes, animais imaginários.

— Imaginários não — disse o menino. — São reais. Esse elefante é real, senhor. Leo Matienne é um oficial da polícia e foi ele quem me contou.

— Bah! — disse Vilna Lutz. — "Bah!" para o oficial da polícia bigodudo e seu animal imaginário. – Ele se recostou novamente no travesseiro e começou a virar a cabeça de um lado para o outro. – Estou ouvindo, estou ouvindo o som da batalha. A luta começou.

– Então – Peter sussurrou para si mesmo –, deve ser verdade, não é? Agora há um elefante, então a vidente estava certa e minha irmã está viva.

– Sua irmã? – disse Vilna Lutz. – Sua irmã morreu. Quantas vezes preciso repetir? Ela nunca chegou a respirar. Nunca respirou. Estão todos mortos. Basta olhar o campo para ver. Estão todos mortos, entre eles seu pai. Veja, veja! Seu pai está caído, morto.

– Estou vendo – disse Peter.

– Onde está meu pé? – perguntou Vilna Lutz, lançando um olhar desvairado pelo cômodo. – Onde está?

– Na mesa de cabeceira.

— Na mesa de cabeceira, *senhor* — corrigiu Vilna Lutz.

— Na mesa de cabeceira, senhor — disse Peter.

— Pronto — disse o velho soldado, pegando o pé de madeira. — Pronto, pronto, velho amigo. — Ele deu uma batidinha carinhosa no pé de madeira e deixou-se afundar no travesseiro. Puxou as cobertas até o queixo. — Em breve — disse —, em breve, colocarei o pé, Recruta Duchene, e vamos treinar manobras militares, eu e você. Ainda vamos fazer de você um grande soldado. Vai se tornar um homem como seu pai. Vai ser, como ele, um soldado corajoso e leal.

Peter afastou-se de Vilna Lutz e foi olhar pela janela o mundo que escurecia. Ouviu uma porta se fechar ao longe no andar de baixo. E outra. Ouviu o som abafado de risadas e teve certeza de que Leo Matienne estava sendo recebido pela esposa.

Peter pensou: "Como será ter alguém que sabe que você sempre volta e o recebe de braços abertos?"

Lembrou-se de ter estado num jardim ao cair da noite. O céu estava roxo, os lampiões, acesos, e Peter era pequeno. O pai o jogava para o alto e depois o pegava no ar, repetidas vezes. A mãe de Peter também estava lá; seu vestido branco brilhava ao crepúsculo arroxeado e sua barriga estava grande como um balão.

– Não o deixe cair – a mãe de Peter dizia ao marido. – Não ouse deixá-lo cair. – Ela estava rindo.

– Não vou deixar – dizia o pai. – Nunca vou deixá-lo cair. Ele é Peter Augustus Duchene, ele sempre volta para mim.

O pai de Peter o jogou para o alto diversas vezes. E, diversas vezes, o menino sentiu-se suspenso no vazio por um momento, só por um momento, voltando depois à doçura do mundo e ao calor dos braços do pai, que o aguardavam.

— Viu? — o pai dizia. — Viu como ele sempre volta para mim?

Agora o sótão do Condomínio Polonaise estava completamente escuro. O velho soldado virava na cama de um lado para o outro.

— Feche a janela — ele dizia. — É inverno e está frio.

O jardim onde estavam o pai e a mãe de Peter parecia distante, tão distante que ele quase achava que aquela lembrança, o jardim, existira em outro mundo completamente diferente.

Mas, se a história da vidente era verdade (e tinha de ser verdade, tinha de ser), então o elefante conhecia o caminho para aquele jardim. Ele poderia levá-lo até lá.

— Por favor — disse Vilna Lutz —, feche a janela. Está muito frio; está muito, muito frio.

Capítulo quatro

Aquele inverno, o inverno do elefante, foi para a cidade de Baltese um período particularmente desagradável. O céu se encheu de nuvens densas e baixas, que tapavam a luz do sol e condenavam a cidade a uma série de dias que mais pareciam um único anoitecer contínuo e interminável.

Estava inimaginavelmente, incrivelmente frio.

A escuridão dominava.

* * *

Madame La Vaughn, aleijada, imersa numa escuridão própria, deu para visitar a prisão.

Chegava no final da tarde.

O mágico ouvia o rangido acusador de sua cadeira de rodas quando a empurravam ao longo do corredor comprido. Mas, quando ela aparecia, os olhos arregalados e suplicantes, um cobertor jogado por cima das pernas inúteis, o criado de prontidão atrás dela, o mágico conseguia sempre, de alguma forma, surpreender-se com sua presença.

Madame La Vaughn falava com o mágico:

— Acho que você não entendeu, foi um elefante que me aleijou! O elefante que caiu do teto me aleijou!

O mágico respondia:

— Madame La Vaughn, garanto que minha intenção era fazer aparecer lírios. Queria apenas um buquê de lírios.

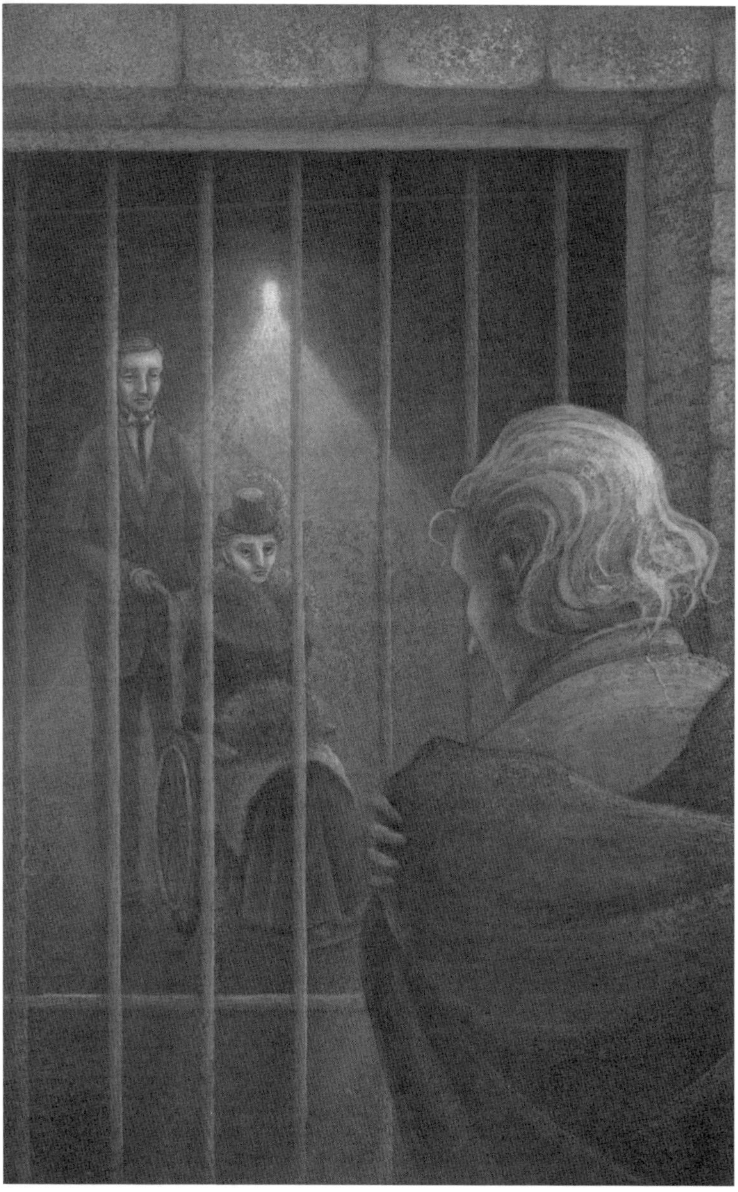

Todos os dias, o mágico e a nobre senhora falavam um ao outro com uma urgência que parecia desmentir o fato de terem dito exatamente as mesmas palavras no dia anterior e no dia anterior ao dia anterior.

Todas as tardes, o mágico e Madame La Vaughn se confrontavam na escuridão do cárcere e diziam a mesma coisa.

O criado de Madame La Vaughn chamava-se Hans Ickman e lhe prestava serviços desde que ela era criança. Era seu conselheiro e confidente, e ela confiava nele para tudo.

Antes de trabalhar para Madame La Vaughn, no entanto, Hans Ickman vivera numa pequena aldeia nas montanhas, onde tinha família: irmãos, mãe, pai e também uma cadela que era famosa por ser capaz de atravessar num pulo o rio que cortava os bosques próximos à cidade.

O rio era largo demais para Hans Ickman e seus irmãos pularem. Era largo demais até para um adulto. Mas a cadela vinha correndo e planava facilmente até o outro lado. Ela era branca, pequena e, além da habilidade para atravessar o rio, não tinha nada de extraordinário.

Ao envelhecer, Hans Ickman esquecera-se completamente da cadela: sua habilidade milagrosa recuara para o fundo de sua memória. Mas, na noite em que o elefante despencou do teto do teatro, o criado lembrou-se, pela primeira vez depois de muito tempo, da cadelinha branca.

Na prisão, ouvindo o interminável e invariável diálogo entre Madame La Vaughn e o mágico, Hans Ickman pensou nos tempos de menino, esperando na beira do rio com os irmãos, vendo a cadela correr e depois se lançar no vazio. Lembrou-se de como ela costumava se contorcer em pleno voo, um pequeno gesto desnecessário, um rompante de alegria, para mostrar que aquela façanha impossível era fácil para ela.

Madame La Vaughn disse:

— Acho que você não entendeu.

E o mágico respondeu:

— Minha intenção era fazer aparecer lírios.

Hans Ickman fechou os olhos e se lembrou da cadela suspensa no ar, pairando sobre o rio, o corpo branco resplandecendo à luz do sol.

Mas como ela se chamava? Tinha esquecido. A cadela se fora e seu nome se fora com ela. A vida era tão curta; tantas coisas belas escorriam por entre os dedos. Onde estariam seus irmãos agora, por exemplo? Ele não sabia; não sabia dizer.

Madame La Vaughn repetiu:

— Foi um elefante que me aleijou, ele me aleijou.

O mágico respondeu:

— Minha intenção era...

— Por favor! — disse Hans Ickman, abrindo os olhos. — É importante que vocês digam um ao outro o que querem dizer. O tempo é curto demais. Vocês devem falar o que interessa.

O mágico e a nobre senhora ficaram em silêncio por um instante.

Então Madame La Vaughn abriu a boca e disse:

— Acho que você não entendeu...

O mágico disse:

— Minha intenção era apenas fazer aparecer lírios.

— Basta! — disse Hans Ickman. Pegou a cadeira de Madame La Vaughn e a virou para o outro lado. — Agora chega. Não aguento mais ouvir isso. Realmente, não aguento.

Ele a empurrou de volta pelo corredor comprido e saiu da prisão para a tarde escura e fria de Baltese.

— Acho que você não entendeu. Foi um elefante que me aleijou...

— Não — disse Hans Ickman. — Não.

Madame La Vaughn se calou.

E foi assim que ela fez sua última visita oficial ao mágico na prisão.

Da janela do sótão do Condomínio Polonaise, Peter enxergava os torreões do presídio. Enxergava também a flecha do campanário da maior catedral de Baltese e as gárgulas agachadas nas sacadas, com o semblante fechado. Mais ao longe, no alto da colina, avistava as enormes mansões da nobreza. E, lá embaixo, estavam as ruas de paralelepípedos sinuosas e serpeantes, as pequenas lojas com seus telhados tortos e os pombos que sempre se empoleiravam neles, cantando tristes melodias que não tinham começo nem fim.

Era horrível olhar tudo aquilo e saber que em algum lugar, sob os telhados, talvez escondido em algum beco escuro, estava exatamente aquilo de que precisava, aquilo que queria e não podia ter.

Como podia um elefante, contrariando todas as expectativas, todas as esperanças, toda a lógica, aparecer milagrosamente na cidade de Baltese e depois desaparecer com igual rapidez, e ele, Peter Augustus Duchene, que precisava achá-lo a todo custo, não saber e nem sequer imaginar como e onde procurá-lo?

Olhando para a cidade, lá do alto, Peter concluiu que a esperança era algo terrível e complicado e que talvez fosse mais fácil ceder ao desespero.

– Saia da janela – Vilna Lutz gritou.

Peter ficou absolutamente imóvel. Custava-lhe encarar Vilna Lutz.

– Recruta Duchene – disse Vilna Lutz.

– Senhor? – disse Peter, sem se virar.

– Estamos no meio de uma batalha – disse Vilna Lutz –, uma batalha entre o bem e o mal! De que lado vai lutar? Recruta Duchene!

Peter virou-se e olhou para o velho.

– O que é isso? Está chorando?

– Não – disse o menino. – Não estou. – Mas, levando a mão ao rosto, surpreendeu-se ao constatar que sua bochecha estava molhada.

– Ainda bem – disse Vilna Lutz –, soldado não chora; pelo menos, não deveria chorar. Não se pode tolerar choro de soldado. Quando um soldado chora, é como se houvesse algo de errado no universo. Silêncio! Você está ouvindo os tiros de mosquetes?

– Não.

– Ah, está frio – disse o velho soldado. – Mesmo assim, precisamos treinar manobras militares. A marcha deve começar. Sim, a marcha deve começar.

Peter não se mexeu.

– Recruta Duchene! Marche! Os exércitos precisam se deslocar. Os soldados precisam marchar.

Peter suspirou. Seu coração lhe pesava tanto no peito que, na verdade, ele achava que não teria forças para se mexer de jeito algum. Levantou um pé e depois o outro.

— Mais alto — disse Vilna Lutz. — Marche com vontade; marche como homem. Marche como seu pai teria marchado.

Que diferença faz o elefante ter chegado?, pensou Peter enquanto marchava sem ir a lugar algum. *Tudo isso foi uma piada de mau gosto da vidente. Minha irmã não está viva. Não há motivo para ter esperança.*

Quanto mais marchava, mais Peter ficava convencido de que não deveria ter esperança e de que um elefante era uma resposta ridícula para qualquer pergunta — ainda mais uma pergunta feita pelo coração humano.

Capítulo cinco

Os habitantes de Baltese ficaram obcecados com o elefante.

No mercado e nos salões de baile, nos estábulos e nos cassinos, nas igrejas e nas praças, só se ouvia "o elefante", "o elefante que despencou do teto", "o elefante que o mágico fez aparecer", "o elefante que aleijou a nobre senhora".

Os padeiros da cidade inventaram uma espécie de torta rasa, recheada de creme e salpicada de açúcar e canela. Chamaram o doce de orelha de elefante, e as pessoas o comiam até se fartar.

Os comerciantes de rua vendiam, por quantias exorbitantes, os pedaços de gesso que haviam caído no palco por ocasião da aparição dramática do elefante.

– Catástrofe! – gritavam. – Destruição! Comprem o gesso do desastre!

Os teatrinhos de marionete dos jardins públicos apresentavam elefantes que despencavam no palco e esmagavam os outros bonecos, fazendo as crianças rirem e aplaudirem, deliciadas e admiradas.

Nos púlpitos das igrejas, os pregadores falavam em intervenção divina, nas surpresas do destino, no castigo dos pecados e nas terríveis consequências de truques de mágica que davam errado.

A aparição dramática e inesperada do elefante mudou o jeito de falar dos habitantes de Baltese. Quando, por exemplo, uma pessoa estava profundamente surpresa ou comovida, ela dizia: "Sabe, eu me vi diante de um elefante."

Quanto às videntes da cidade, não paravam de trabalhar. Analisavam suas xícaras de chá e suas bolas de cristal. Liam as palmas de milhares de mãos. Estudavam as cartas, pigarreavam e anunciavam coisas maravilhosas que estavam por vir. Se elefantes podiam chegar sem aviso, então uma mudança drástica certamente ocorrera no universo. As estrelas estavam se alinhando para a vinda de algo ainda mais espetacular; é coisa certa, é coisa certa.

Enquanto isso, nos salões de festa e nos bailes, os homens e as mulheres da cidade, os ricos e os pobres, dançavam a mesma dança: um passo duplo desengonçado e desajeitado chamado, é claro, de o Elefante.

Em todo lugar era sempre "o elefante, o elefante, o elefante do mágico".

* * *

— Ele está arruinando a temporada de festas — disse a condessa Quintet ao marido. — As pessoas só falam nele. É tão ruim quanto a guerra. Para dizer a verdade, é pior. Pelo menos durante a guerra temos heróis bem-vestidos capazes de conversar sobre assuntos interessantes. Mas agora o que temos? Nada, nada além de um animal fedorento e repulsivo, e mesmo assim as pessoas *insistem* em só falar nele. Eu realmente tenho a sensação, tenho a certeza, tenho absoluta certeza de que vou enlouquecer se ouvir a palavra *elefante* mais uma vez.

— Elefante — murmurou o conde.

— O que você disse? — perguntou a condessa, virando-se para encarar o marido.

— Nada.

— Alguém tem de fazer algo a respeito.

— É verdade. Mas quem?

— Como é?

O conde pigarreou.

— Só estava dizendo, meu bem, que você precisa admitir que o que aconteceu foi de fato extraordinário.

— E por que seria preciso admitir uma coisa dessas? O que teve de extraordinário?

A condessa não fora ao teatro naquela noite fatídica e, portanto, havia perdido o incidente catastrófico. E a condessa era o tipo de pessoa que odiava, mais do que tudo, perder os incidentes catastróficos.

— Mas, veja bem... — começou o conde Quintet.

— Não vejo nada. E você não vai me fazer ver nada.

— É. Acho que isso é verdade.

Ao contrário da esposa, o conde comparecera ao teatro naquela noite. Estava sentado tão próximo do palco que tinha sentido o deslocamento de ar que antecedera a aparição do elefante.

– Deve haver algum modo de tomar as rédeas da situação – disse a condessa Quintet, andando de um lado para o outro. – Deve haver algum modo de recuperar a temporada de festas.

O conde fechou os olhos. Sentiu novamente a brisa da chegada do elefante. Tudo acontecera num instante, mas também devagar. Ele, que nunca chorava, tinha chorado naquela noite, pois era como se o elefante lhe tivesse dito: "As coisas não são o que parecem; ah, não, não são mesmo."

Estar diante de uma coisa daquelas, sentir uma coisa daquelas!

O conde abriu os olhos.

– Meu bem – ele disse, por fim –, eu sei como resolver isso.

– Sabe?

– Sei.

— E qual seria exatamente a solução?

— Se todo o mundo só fala no elefante e você deseja ser o centro, o coração da temporada de festas, o jeito é você ficar próxima daquilo que está na boca do povo.

— Como assim? — disse a condessa. Seu lábio inferior estremeceu — O que você está querendo dizer?

— O que eu estou querendo dizer, meu bem, é que você deve trazer o elefante do mágico para cá.

Quando a condessa ordenava que o universo caminhasse de determinada maneira, o universo, temeroso e ansioso para agradar, fazia o que ela mandava.

Assim, no caso do elefante e da condessa, aconteceu o seguinte — foi assim que as coisas se desenrolaram: em sua casa, embora fosse uma mansão rica e bem mobiliada, não havia uma porta suficientemente grande para dar passagem a um elefante. A condessa Quintet contratou uma dúzia de marceneiros. Eles trabalharam sem parar e, no prazo de um dia, derrubaram uma das paredes e instalaram uma gigantesca porta lindamente decorada com cores vivas.

O elefante foi convocado e chegou acobertado pela noite, escoltado pelo chefe de polícia, que o conduziu pela porta que fora construída especialmente para ele; depois, extremamente aliviado de ter posto um fim àquilo, o chefe de polícia se despediu da condessa com um toque no chapéu e foi embora.

Bateram e trancaram a porta às suas costas, e o elefante tornou-se propriedade da condessa Quintet, que pagara ao dono do teatro dinheiro suficiente para consertar e refazer o telhado do edifício mais de dez vezes.

O elefante pertencia exclusivamente à condessa Quintet, que escrevera a Madame La Vaughn expressando, com o máximo de

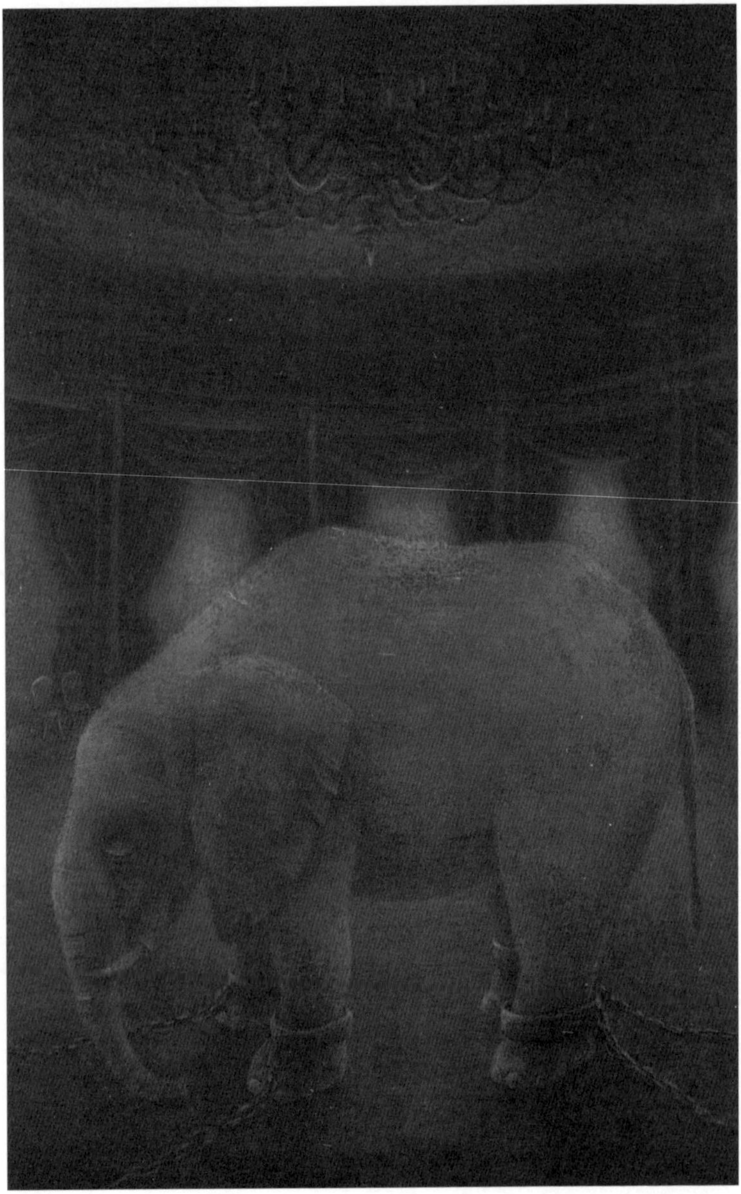

prolixidade e eloquência, seu pesar pela tragédia inominável e inexplicável que se abatera sobre a nobre senhora. Ofereceu-lhe seu total e entusiasmado apoio no julgamento e na subsequente punição do mágico.

O destino do elefante estava exclusivamente nas mãos da condessa Quintet, que também fizera uma contribuição muito generosa aos cofres da polícia.

O elefante, conforme você já deve ter percebido, pertencia de corpo e alma à condessa.

O animal foi colocado no salão de festas, e as damas e os cavalheiros, os duques e as duquesas, os príncipes e as princesas, os condes e as condessas acorreram para vê-lo.

Juntaram-se em torno dele.

O elefante tornou-se, literalmente, o centro da temporada de festas.

Capítulo seis

Peter sonhava.

Vilna Lutz corria à sua frente em um campo, e ele, Peter, tentava alcançá-lo.

— Depressa! — gritava Vilna Lutz. — Você precisa correr como um soldado.

Era um campo de trigo, e, à medida que o menino avançava, o trigo ia ficando mais alto. Logo ficou tão alto que Vilna Lutz desapareceu completamente de vista; Peter ouvia apenas seus gritos:

— Depressa, depressa! Corra como um homem; corra como um soldado!

— Não adianta — disse Peter em voz alta. — Ele se foi. Jamais conseguirei alcançá-lo; é inútil correr.

Sentou-se e olhou para o céu azul. Ao seu redor, o trigo continuava a crescer, formando uma muralha dourada que o encerrava e o protegia. *É quase como ser enterrado*, pensou, *ficarei aqui para sempre, para toda a eternidade. Ninguém jamais me encontrará.*

— Pois bem — ele disse. — Vou ficar aqui.

Foi então que Peter reparou que havia uma passagem na muralha de trigo.

Levantou-se e foi bater à porta de madeira. E ela se abriu sozinha.

— Olá! — disse Peter.

Ninguém respondeu.

— Olá! — disse novamente.

E, como não obteve resposta, empurrou a porta, atravessou o umbral e entrou no apartamento no qual havia morado com sua mãe e seu pai.

Alguém estava chorando.

Ele entrou no quarto e ali, sozinho, em cima da cama, envolto num cobertor, havia um bebê.

– De quem é esse bebê? – ele disse. – Por favor, de quem é esse bebê?

O bebê continuou chorando, e aquele choro fez Peter sentir um grande pesar no coração. Então, ele se debruçou sobre a cama e o pegou no colo. Era uma menina.

– Ei! – ele disse. – Shhh. Pronto, pronto.

Segurou-a e a embalou. Depois de um tempo, ela parou de chorar e dormiu. Peter ficou admirado ao ver como ela era pequena, como era fácil segurá-la e como ela se acomodava bem em seu colo.

A porta pela qual entrara permanecia aberta, e ele ouviu a música do vento que corria a plantação. Ele olhou pela janela e viu o sol poente pairando, dourado, sobre o campo.

Até onde a vista alcançava, não havia nada além de luz.

E de repente ele teve certeza de que o bebê que tinha nos braços era sua irmã, Adele.

Quando acordou do sonho, Peter sentou-se na cama, correu os olhos pelo quarto escuro e disse:

— Então foi assim que aconteceu. Ela chorou. Eu lembro. Segurei-a nos braços. E ela chorou. Então não pode ter nascido morta, sem nunca ter respirado, como Vilna Lutz disse tantas vezes. Ela chorou. A pessoa precisa estar viva para chorar.

Ele voltou a se deitar e imaginou o peso da irmã nos braços.

Sim, pensou. *Ela chorou. Eu a segurei nos braços. Disse à minha mãe que cuidaria dela para sempre. Foi isso o que aconteceu. Sei que é verdade.*

Fechou os olhos, viu novamente a porta do sonho e sentiu como era estar naquele apartamento, segurando a irmã e olhando o campo de luz pela janela.

O sonho era belo demais para ter dúvidas.

A vidente não mentira.

E, se não tinha mentido sobre sua irmã, provavelmente também tinha contado a verdade a respeito do elefante.

— O elefante — disse Peter.

Falou a palavra em voz alta para a escuridão onipresente, para Vilna Lutz, que roncava, e para toda a cidade de Baltese, que dormia, indiferente.

— O que importa é o elefante. Ele está com a condessa. Preciso vê-lo. Vou falar com Leo Matienne. Ele é da polícia, saberá o que fazer. Deve haver um jeito de entrar, de chegar à condessa e depois ao elefante para que tudo se esclareça, para que tudo finalmente se acerte, porque Adele está viva. Está viva.

* * *

A menos de cinco quarteirões do Condomínio Polonaise havia um edifício escuro e sombrio que tinha o nome um tanto improvável de Orfanato das Irmãs da Luz Perpétua. No último andar desse edifício havia um dormitório austero com uma série de pequenas camas de ferro alinhadas uma do lado da outra, como uma falange de soldados de metal. Em cada uma delas dormia um órfão, e a última cama do imenso cômodo assolado por correntes de ar era ocupada por uma menininha chamada Adele, que, logo após o incidente do teatro, passou a sonhar com o elefante do mágico.

Nos sonhos de Adele, o elefante vinha bater à porta do orfanato. Irmã Marie (a Irmã da Porta, a freira que recebia as crianças desamparadas e a única pessoa habilitada a abrir e

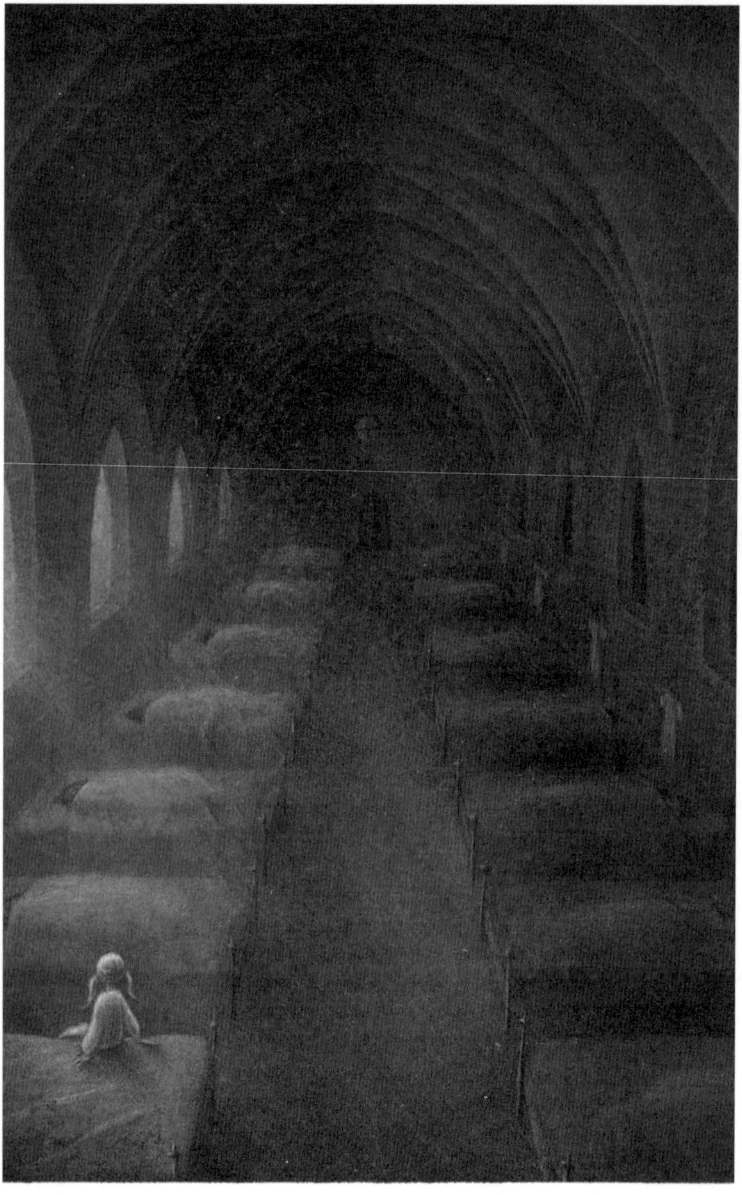

fechar a porta do Orfanato das Irmãs da Luz Perpétua) era quem ia atender.

— Boa noite — dizia o elefante, inclinando a cabeça para falar com Irmã Marie. — Vim buscar a pequena que vocês estão chamando de Adele.

— Como é?

— Adele. Vim buscá-la. Agora, seu lugar é outro.

— Fale mais alto. Estou velha, não escuto bem.

— Aquela que vocês estão chamando de Adele — dizia o elefante numa voz ligeiramente mais alta. — Vim buscá-la para restituí-la ao seu devido lugar.

— Sinto muito — respondia Irmã Marie, com uma expressão triste. — Não estou entendendo nada. Bom, você é um elefante. Será isso? Será esse o motivo da falha de comunicação? Veja bem, não tenho nada contra os elefantes. Você, pelo visto, é um elefante muito refinado, muito educado; não resta dúvida. Mas continuo sem entender o que está dizendo e, por isso, tenho de lhe desejar uma boa noite e me despedir.

E, com isso, Irmã Marie fechava a porta.

Da janela do dormitório, Adele via o elefante indo embora.

— Senhor Elefante! — ela gritava, batendo na janela. — Estou aqui. Estou aqui. Sou eu, Adele, a menina que você veio buscar.

Mas o elefante continuava andando. Ia descendo a rua, diminuindo e diminuindo, até que, por fim, como num passe de mágica frustrante desses que costumam acontecer nos sonhos, ele se transformava num camundongo, que corria para a sarjeta e sumia de vista.

Depois que o camundongo desaparecia, começava a nevar. Os paralelepípedos das ruas e as telhas das casas ficavam cobertos de branco. Nevava, nevava até tudo desaparecer. O próprio mundo parecia se apagar, aos poucos, imerso no branco da neve.

No fim, só restava Adele, esperando sozinha na janela de seu sonho.

Capítulo sete

Parecia que a cidade de Baltese tinha sido sitiada – não por um exército estrangeiro, mas pelo mau tempo.

Ninguém se lembrava de ter visto um inverno tão completamente, tão uniformemente cinza.

Onde estava o sol?

Nunca mais brilharia?

E, se não fosse mais haver sol, não poderia ao menos nevar?

Só um pouquinho, alguma coisa!

Além disso, num inverno tão cruel e sombrio, era justo que uma criatura estranha, encantadora e promissora como o elefante fosse mantida longe da grande maioria dos habitantes da cidade?

Não era justo.

Não era nem um pouco justo.

Alguns cidadãos de Baltese viram-se no direito de bater à porta do elefante. Como ninguém respondeu, tentaram arrombá-la, mas a porta estava bem trancada.

Vocês fiquem aí fora, ela parecia dizer.

E o que estiver aqui dentro continuará aqui dentro.

Num mundo tão frio e cinzento, aquilo parecia terrivelmente injusto.

O afeto nem sempre é recíproco. Os habitantes de Baltese gostavam do elefante, mas o elefante não sentia nada por eles. Assim, quando se viu, de repente, no salão de festas da condessa, ele não ficou nem um pouco feliz.

O brilho dos candelabros, o barulho da orquestra, as gargalhadas, o cheiro de carne assada, fumaça de charuto e pó de arroz, tudo lhe provocava uma sensação de incredulidade e angústia.

Ele tentava afastar aquilo do pensamento. Fechava os olhos e os mantinha fechados até não aguentar mais, porém não fazia diferença, pois, quando os abria de novo, tudo voltava a ser como antes. Nada mudava.

O elefante sentiu um aperto no peito.

Estava com dificuldade de respirar; o mundo parecia pequeno demais.

Depois de uma longa e minuciosa conversa com seus preocupados conselheiros, a condessa Quintet decidiu que os habitantes de Baltese (ou seja, as pessoas que não eram convidadas para os seus bailes, jantares e serões) poderiam ver o elefante de graça, no primeiro sábado do mês, para se instruírem e se divertirem (e, como sempre, para apreciarem o aguçado senso de justiça social da condessa).

Ela mandou fazer pôsteres e panfletos e os distribuiu pela cidade. Ao sair da delegacia no final do expediente, Leo Matienne leu a notícia de que, agora, graças à generosidade da condessa, ele também poderia ver o maravilhoso portento que era seu elefante.

– Ah, muito obrigado, Condessa – disse Leo ao pôster. – Isto é uma ótima notícia, uma ótima notícia.

Um mendigo estava sentado à porta da delegacia, próximo ao pôster, com um cão preto ao seu lado. Quando ouviu as palavras de Leo Matienne, ele decidiu compor uma música.

– É uma ótima notícia – cantou o mendigo –, uma ótima notícia.

Leo Matienne sorriu.

— Pois é — ele disse —, uma ótima notícia. Conheço um garotinho que está louco para ver o elefante. Ele tinha pedido minha ajuda, tentei pensar em alguma solução, mas agora a resposta está diante de mim. Ele vai ficar muito contente.

— Um garotinho que está louco para ver o elefante — cantou o mendigo. — Ele vai ficar contente. — Sempre cantando, o mendigo estendeu a mão.

Leo Matienne deu-lhe uma moeda, despediu-se com uma ligeira reverência e seguiu para casa, andando mais depressa agora, assobiando a canção do mendigo e pensando: *E se a condessa Quintet se cansar de ter um elefante?*

E aí?

E se o elefante lembrar que é um animal selvagem e começar a agir de acordo com sua natureza?

E aí?

Quando finalmente chegou ao Condomínio Polonaise, Leo ouviu a janela do sótão se abrindo. Virou-se para cima e viu o rosto esperançoso de Peter olhando para ele.

— Por favor, Leo Matienne, já descobriu um modo de eu ser recebido na casa da condessa?

— Peter! — ele disse. — Pequeno cuco do sótão! É com você mesmo que eu queria falar. Mas, espere, onde está seu chapéu?

— Meu chapéu?

— É. Trago uma ótima notícia, e seria bom você colocar o chapéu para ouvi-la como convém.

— Um momento — disse Peter, saindo da janela e voltando com o chapéu na cabeça.

— Agora, sim, você está vestido adequadamente para receber a feliz notícia da qual eu, Leo Matienne, tenho orgulho de ser o portador. — Ele pigarreou. — Tenho o prazer de lhe comunicar que o elefante do mágico ficará à mostra para instruir e entreter as massas.

— E o que isso significa?

— Significa que você poderá ver o elefante no primeiro sábado deste mês; ou seja, que você poderá vê-lo no próximo sábado, Peter, no próximo sábado.

— Ah! — exclamou o menino. — Vou ver o elefante. Poderei encontrá-lo! — Seu rosto se iluminou de tal forma que, mesmo sabendo que era tolice, Leo Matienne se virou para ver se o sol realizara a façanha impossível de sair de trás das nuvens para brilhar diretamente no pequenino rosto de Peter.

Não havia sol, claro.

— Feche a janela — disse o velho soldado lá no sótão. — É inverno, está frio.

— Obrigado — disse Peter a Leo Matienne. — Obrigado.

E fechou a janela.

No apartamento de Leo e Glória Matienne, Leo sentou-se diante da lareira, suspirou longamente e tirou as botas.

— Cruzes! — exclamou a esposa. — Passe essas meias para cá agorinha mesmo.

Leo tirou as meias e as entregou para Glória Matienne, que as jogou num balde com água e sabão.

— Se não fosse eu — ela disse —, ninguém ia querer ser seu amigo, porque ninguém ia aguentar esse chulé.

— Não sei se você sabe — disse Leo Matienne —, mas não costumo tirar o sapato em lugares públicos, e, assim, ninguém precisa cheirar a minha meia ou o meu pé.

Glória veio por trás de Leo, pousou as mãos nos ombros do marido, inclinou-se e lhe beijou a cabeça.

— No que está pensando?

— Estou pensando no Peter. Ele ficou tão feliz quando soube que poderia visitar o ele-

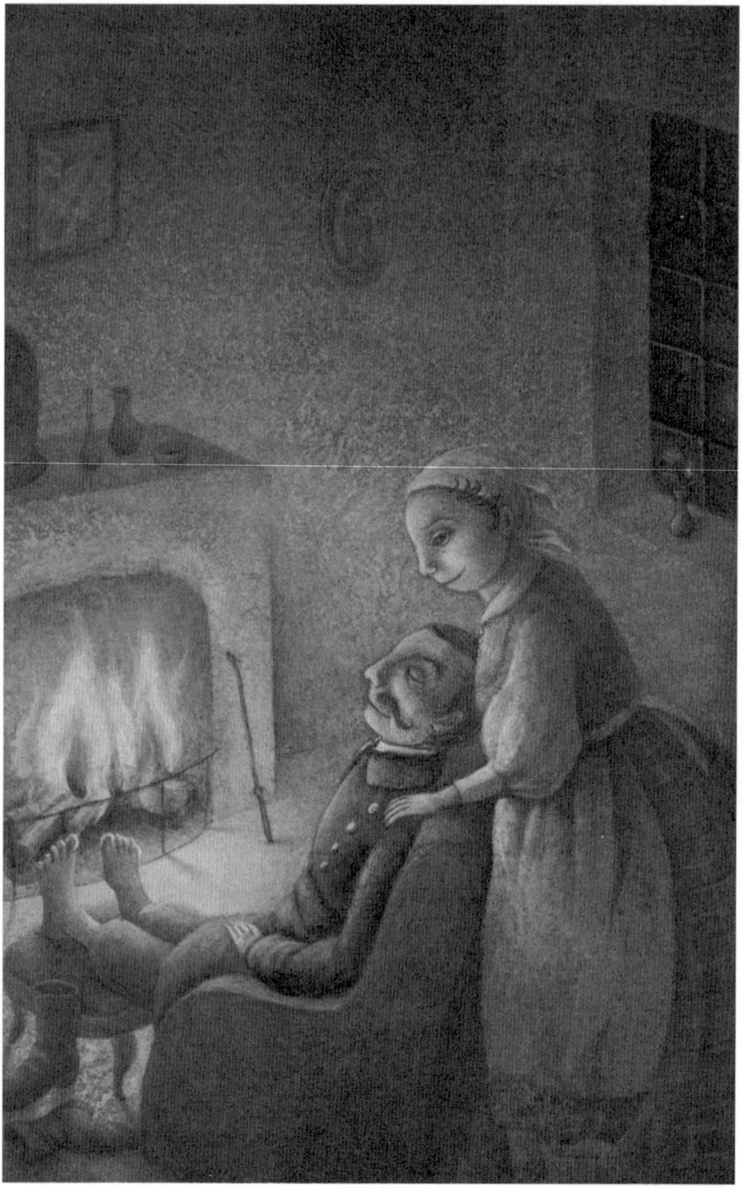

fante! Seu rosto se iluminou de um jeito que eu nunca tinha visto.

— Não está certo o que fazem com ele — disse Glória, suspirando. — O menino é um prisioneiro nas mãos daquele homem, como ele se chama?

— Lutz. Vilna Lutz.

— Eles treinam e marcham o dia inteiro. Eu os ouço, sabia? É um barulho horrível, horrível.

Leo Matienne balançou a cabeça.

— É uma situação horrível. Peter é um garoto sensível, não acho que tenha nascido para a vida militar. Ele está cheio de amor no coração.

— É verdade — disse Glória.

— E está lá sozinho, sem ter ninguém nem nada para amar. Deve ser horrível ter tanto amor e não ter o que fazer com ele.

Leo Matienne suspirou. Jogou a cabeça para trás, olhou para a esposa e sorriu. — E nós estamos aqui sozinhos.

— Não diga isso.

— É verdade – disse Leo.

— Não, não – disse Glória, colocando o dedo nos lábios do marido. – Tentamos e não conseguimos. Deus não quer que tenhamos filhos.

— Quem somos nós para saber o que Deus quer? – disse Leo Matienne, e depois ficou em silêncio por um longo tempo. – E se?

— Não comece. Meu coração já se machucou tanto que não aguenta mais ouvir suas perguntas absurdas.

Mas Leo Matienne não se calou.

— E se? – murmurou para a esposa.

— Não – respondeu Glória.

— Por que não?

— Não.

— Não seria possível?

— Não. Não seria possível.

Capítulo oito

Em sua caminha, no dormitório cavernoso do Orfanato das Irmãs da Luz Perpétua, Adele sonhava que o elefante vinha bater à porta novamente, mas dessa vez Irmã Marie não estava em seu posto e ninguém atendia.

Adele acordou e permaneceu deitada, sem fazer barulho, dizendo a si mesma que tinha sido um sonho, apenas um sonho. Mas, quando fechava os olhos, a menina via o elefante batendo à porta, batendo, batendo sem que ninguém atendesse. Então, ela jogou o cobertor de lado, pulou da cama, desceu a escada e atravessou a escuridão e o frio até a porta de entrada. Ficou aliviada ao ver que Irmã Marie estava sentada na cadeira, como sempre estivera e sempre estaria, com a cabeça pendendo para a frente, quase encostada na barriga, os ombros subindo e descendo, e emitindo um barulho parecido com um ronco.

— Irmã Marie — disse Adele, colocando a mão no ombro da freira.

Irmã Marie acordou sobressaltada.

— Está aberta! — ela gritou. — A porta está sempre aberta. É só chamar!

— Já estou aqui dentro — disse Adele.

— Ah! É verdade. Está mesmo. É você, Adele. Que maravilha! Mas você não deveria estar aqui, deveria estar na cama. É muito tarde.

— Eu sonhei.

— Que ótimo. E sonhou com o quê?

— Com o elefante.

— Ah, sim, um sonho com elefante. Acho os sonhos com elefante muito comoventes — disse Irmã Marie — e portentosos, claro, embora eu ainda não tenha tido a oportunidade de sonhar com um elefante. Mas tenho paciência e esperança. Precisamos ter paciência e esperança.

— O elefante vinha bater à porta, só que ninguém atendia.

— Mas isso é impossível — disse Irmã Marie. — Estou sempre aqui.

— Outro dia, sonhei que a senhora abria a porta e o elefante perguntava por mim, mas a senhora não o deixava entrar.

— Absurdo. Não rejeito ninguém.

— A senhora dizia que não conseguia entendê-lo.

— Eu entendo de abrir a porta — disse Irmã Marie cordialmente. — Abri para você.

Adele sentou-se no chão, ao lado de Irmã Marie, e abraçou as próprias pernas.

— Como eu era? — perguntou a menina. — No dia em que cheguei e a senhora me viu pela primeira vez?

— Ah, era tão pequenina, como um grãozinho de poeira. Tinha acabado de nascer, sabe, tinha apenas algumas horinhas de vida.

— A senhora ficou feliz? — disse Adele. — Ficou feliz com a minha chegada? — Ela já sabia a resposta, mas fez a pergunta mesmo assim.

— Veja bem, antes de você chegar, eu estava aqui sentada nessa cadeira, sozinha, e tudo estava escuro, muito escuro. De repente, você estava em meus braços; olhei para o seu rostinho...

— E falou meu nome.

— É, falei seu nome.

— Como a senhora sabia? Como sabia meu nome?

— A parteira disse que sua mãe, antes de morrer, quisera chamá-la de Adele. Eu sabia seu nome e o falei para você.

— E eu sorri.

— É — disse Irmã Marie. — E, de repente, tudo se iluminou. O mundo se encheu de luz.

As palavras de Irmã Marie reconfortaram Adele como um cobertor quentinho e familiar, e ela fechou os olhos.

— A senhora acha que os elefantes têm nome?

— Ah, sim — disse Irmã Marie. — Todas as criaturas de Deus têm nome, todas. Tenho certeza disso, não tenho a menor dúvida.

Irmã Marie tinha razão, claro: todo o mundo tem nome.

Os mendigos têm nome.

Do lado de fora do Orfanato das Irmãs da Luz Perpétua, num beco estreito de uma rua estreita, havia um mendigo chamado Tomás, e, aninhado junto dele para dar e receber calor, havia um enorme cão preto.

Se algum dia tivera sobrenome, Tomás o havia esquecido. Também não sabia se tinha mãe ou pai.

Sabia apenas que era mendigo.

Sabia estender a mão e pedir.

E também sabia cantar, embora não soubesse onde aprendera.

Sabia construir uma música a partir do nada que era a vida cotidiana e sabia cantar esse nada em canções tão belas que evocavam um mundo melhor e mais unido.

O nome do cão era Iddo.

Houvera um tempo em que ele trabalhara como mensageiro nos campos de batalha, le-

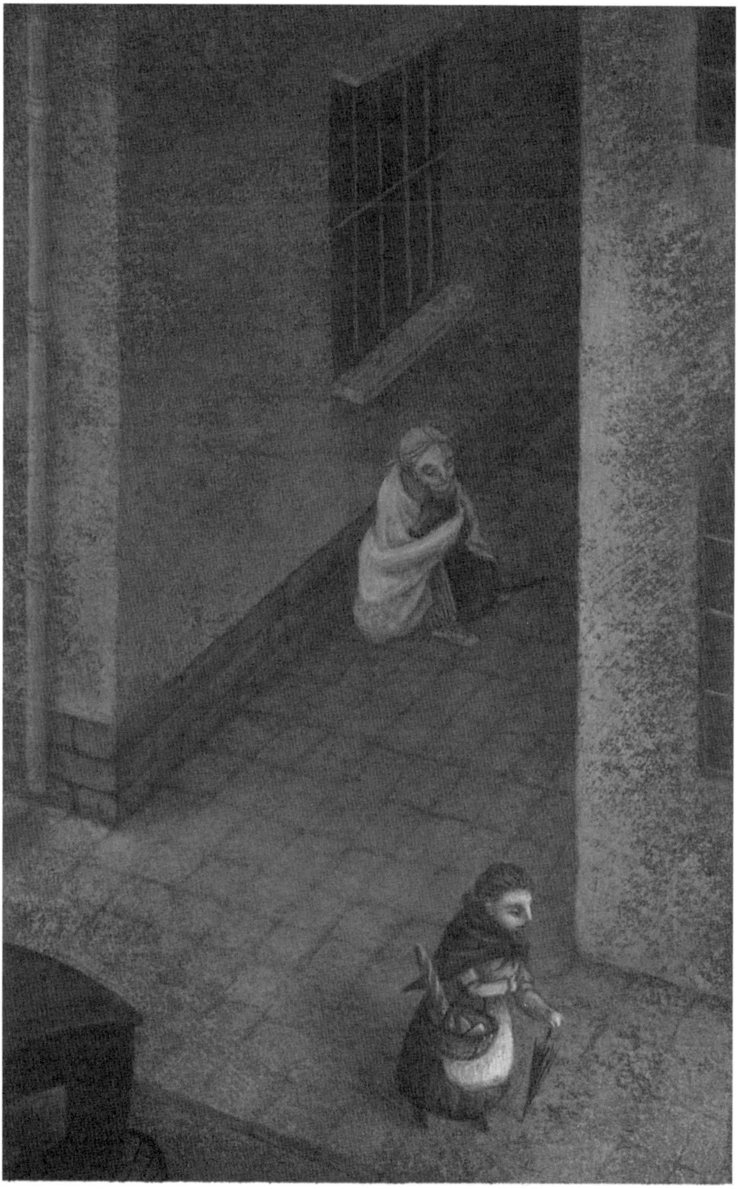

vando mensagens, cartas e planos de guerra aos oficiais do exército de Sua Majestade.

Então, certo dia, num campo de batalha próximo a Modegnel, enquanto urdia seu caminho por entre os cavalos, os soldados e as tendas, o cão foi atingido por um tiro de canhão e foi lançado para o alto, caindo de cabeça, de tal modo que na mesma hora ficou cego para sempre.

Ele só conseguia pensar numa coisa enquanto caía na escuridão: *Mas quem vai entregar as mensagens?*

Agora, em seus sonhos, Iddo estava sempre correndo, levando uma carta, um mapa, um plano de batalha, algum pedaço de papel que ganharia a guerra, se ele conseguisse entregá-lo a tempo.

Ele desejava do fundo do coração poder realizar novamente a tarefa para a qual nascera, para a qual fora criado.

Iddo queria entregar, pelo menos mais uma vez, uma mensagem de grande importância.

No beco escuro e frio, Iddo ganiu, e Tomás colocou a mão em sua cabeça e a manteve ali.

– Shhh... – cantou Tomás. – Durma, Iddo. A escuridão cai sobre todos nós, mas um menino quer ver o elefante, e ele o verá, e isso, isso é uma ótima notícia.

Depois do beco, passando os parques públicos e a delegacia de polícia e subindo uma colina íngreme ladeada por árvores, ficava a casa do conde e da condessa Quintet, e, naquela mansão, no salão de festas escuro, ficava o elefante.

Ele deveria estar dormindo, mas estava acordado.

Estava repetindo seu nome para si mesmo.

Era um nome que não fazia sentido para os humanos. Era um nome de elefante — o nome que seus irmãos conheciam, o nome pelo qual o chamavam quando riam e brincavam. Era o nome que sua mãe lhe dera e que lhe dissera tantas vezes amorosamente.

Em seu íntimo, o elefante repetia esse nome, seu nome.

Tentava se lembrar de quem era. Tentava se lembrar de que, em algum lugar, em outro mundo, ele era conhecido e amado.

Capítulo nove

A febre de Vilna Lutz baixou, e suas palavras voltaram a ter um sentido tolo, desinteressante e absolutamente militar. Ele tinha saído da cama, aparado a barba num cavanhaque pontudo e estava sentado no chão, dispondo seus soldadinhos de chumbo de acordo com a formação de uma famosa batalha.

— Como pode ver, Recruta Duchene, a estratégia adotada pelo general Von Flickenhamenger foi absolutamente brilhante, e ele a executou com enorme destreza e coragem, trazendo estes soldados daqui para cá, surpreendendo os adversários de maneira elegante e devastadora. Sua engenhosidade é admirável. Não acha, Recruta Duchene?

– Sim, senhor – disse Peter. – Acho, sim.

– Então, preste mais atenção e não se distraia – disse Vilna Lutz, batendo com o pé de madeira no chão. – É importante. Estamos falando do trabalho de seu pai. Trabalho de homem.

Peter olhou para os soldadinhos de brinquedo e pensou no pai em um campo lamacento, um ferimento de baioneta no flanco. Imaginou o pai sangrando. Imaginou-o morrendo.

Lembrou-se do sonho com Adele, do peso de seu corpinho e da luz dourada que brilhava do outro lado da porta. Lembrou-se do pai jogando-o para o alto e apanhando-o em pleno voo no jardim.

Então, pela primeira vez, a guerra não lhe pareceu trabalho de homem. Pelo contrário, pareceu-lhe uma tolice – uma tolice horrível, terrível, pavorosa.

– Então... – disse Vilna Lutz, pigarreando. – Como ia dizendo, esclarecendo, elucidando, sim, estes homens, estes bravos, bravos soldados, sob o comando direto do brilhante general Von Flickenhamenger, deram a volta e chegaram por trás, surpreendendo o inimigo. Em suma, foi assim que se venceu a batalha. Faz sentido para você?

Peter olhou para as falanges dispostas cuidadosamente no chão. Virou-se para Vilna Lutz e depois para os soldados.

– Não – disse, por fim.

– Não?

– Não, não faz sentido.

– Bom, se não faz sentido, faz o quê?

— Faz com que eu deseje que tudo isso pudesse ser desfeito.

— Desfeito?

— Sim. Desfeito. Chega de guerras. Chega de soldados.

Vilna Lutz fitou-o boquiaberto, a ponta do cavanhaque tremendo.

Peter virou-se para o velho e sentiu um calor insuportável subir-lhe pela garganta; sabia que agora as palavras viriam.

— Ela está viva, como a vidente disse. Está viva, e um elefante vai me levar até ela. E, como um elefante apareceu do nada, eu acredito nela e não em você. Não posso, não quero mais acreditar em você.

— Do que está falando? Quem é que está viva?

— Minha irmã — respondeu Peter.

— Sua irmã? Será que eu me enganei? Por acaso, estávamos falando da esfera doméstica? Não, não estávamos. Estávamos falando de batalhas. Estávamos falando de generais brilhantes e da bravura dos soldados da infantaria. – Vilna Lutz bateu com o pé de madeira nas tábuas do assoalho. – Estávamos falando de batalhas, bravura e estratégia.

– Onde ela está? O que aconteceu com ela?

O velho soldado fez uma careta. Pôs de lado o pé de madeira e apontou o dedo indicador para cima, na direção do céu.

– Já lhe disse muitas vezes. Ela está com sua mãe, no céu.

– Eu a ouvir chorar – disse Peter. – Segurei-a no colo.

– Bah! – exclamou Vilna Lutz. O dedo, ainda apontado para cima, começou a tremer. – Não chorou. Não pode ter chorado. Ela nasceu morta. Natimorta. Seus pulmões nunca se encheram de ar. Ela nunca respirou.

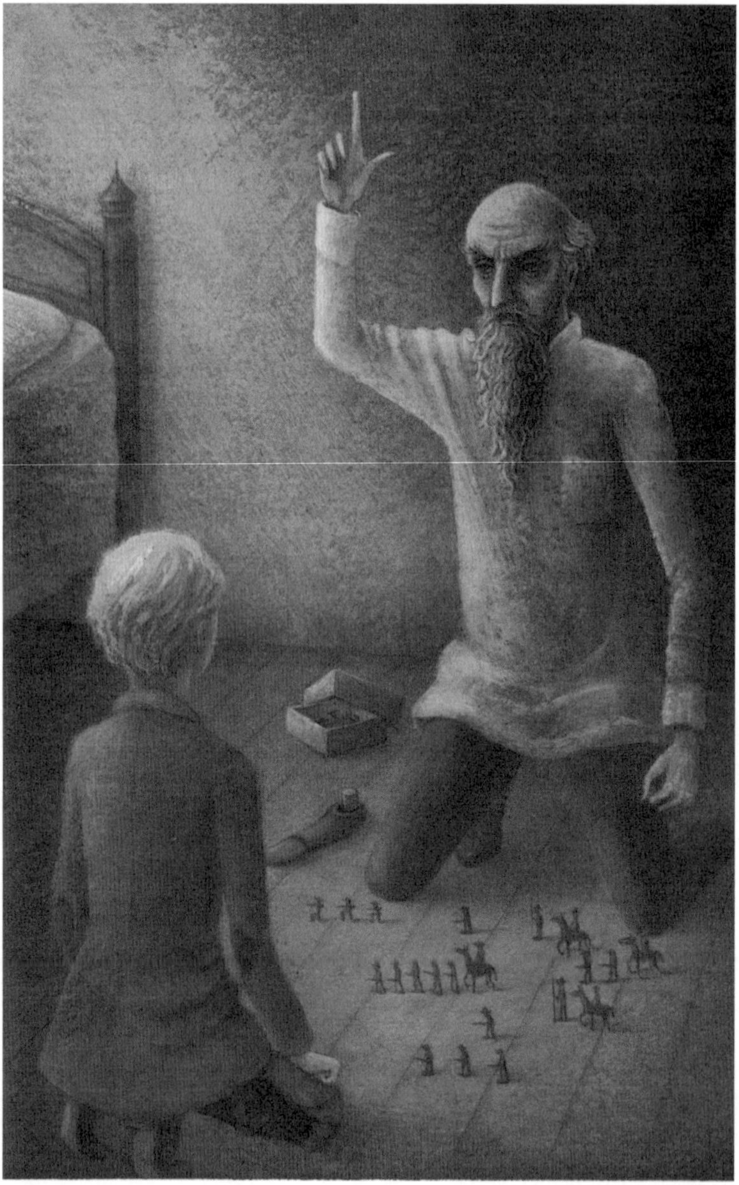

— Ela chorou. Eu lembro. Sei que é verdade.

— E daí? Se ela chorou, qual é o problema? Isso não significa que estivesse viva, claro que não. Se todo bebê que chora ainda estivesse vivo, bom, o mundo estaria abarrotado de gente, por certo.

— Onde ela está? — perguntou Peter.

Vilna Lutz deixou escapar um pequeno soluço.

— Onde? — disse Peter novamente.

— Não sei — disse o velho soldado. — A parteira a levou. Disse que ela era pequena demais e que não deixaria uma criatura tão delicada nas mãos de alguém como eu.

— Você disse que ela tinha morrido. Disse várias vezes, disse que estava morta. Você mentiu.

— Não foi mentira. Foi uma suposição científica. Os bebês sem mãe sempre acabam morrendo. E, também, ela era tão pequena!

— Você mentiu para mim.

— Não, não, Recruta Duchene. Eu menti *por* você, menti para protegê-lo. O que você poderia fazer? A verdade teria machucado seu coraçãozinho. Fiquei preocupado, fiquei preocupado com o menino que queria se tornar e que se tornaria um soldado como o pai, um homem que eu admirava. Só não fiquei com sua irmã porque a parteira não permitiu: ela era tão pequena, tão incrivelmente pequena. Não sei nada de bebês e de suas necessidades! Entendo de soldados, não de cuidar de bebês.

Peter se levantou. Foi até a janela e olhou para a flecha do campanário da catedral. Os pássaros descreviam círculos no céu.

— Chega de conversa — disse Peter. — Amanhã vou visitar o elefante, depois vou procurar minha irmã, e não quero mais saber de você. Também não quero mais ser soldado, porque a guerra é inútil e não faz sentido.

— Não diga um absurdo desses — protestou Vilna Lutz. — Pense em seu pai.

— Estou pensando nele — disse Peter.

E realmente estava.

Estava pensando no pai no jardim.

Estava pensando no pai no campo de batalha, sangrando até a morte.

Capítulo dez

O tempo piorou.

Embora não parecesse possível, ficou mais frio.

Embora não parecesse possível, ficou mais escuro.

Mas não nevava.

No dormitório escuro e frio do Orfanato das Irmãs da Luz Perpétua, Adele continuava sonhando com o elefante. O sonho era tão recorrente que, depois de um tempo, a menina decorou, palavra por palavra, o que o elefante dizia para Irmã Marie quando ela ia atender a porta. Uma das frases, particularmente, era tão bela e promissora que Adele passou a usá--la durante o dia: *Vim buscar a pequena que vocês estão chamando de Adele*. Ela repetia essas palavras várias vezes, como se fossem um poema, uma bênção ou uma oração. *Vim buscar a pequena que vocês estão chamando de Adele; vim buscar a pequena que vocês estão chamando de Adele...*

— Está falando com quem? — perguntou uma menina mais velha chamada Lisette.

As duas estavam descascando batatas na cozinha do orfanato, debruçadas sobre um balde.

— Com ninguém — disse Adele.

— Mas seus lábios estavam se mexendo — disse Lisette. — Eu vi. Você estava falando alguma coisa.

— Estava repetindo as palavras do elefante.

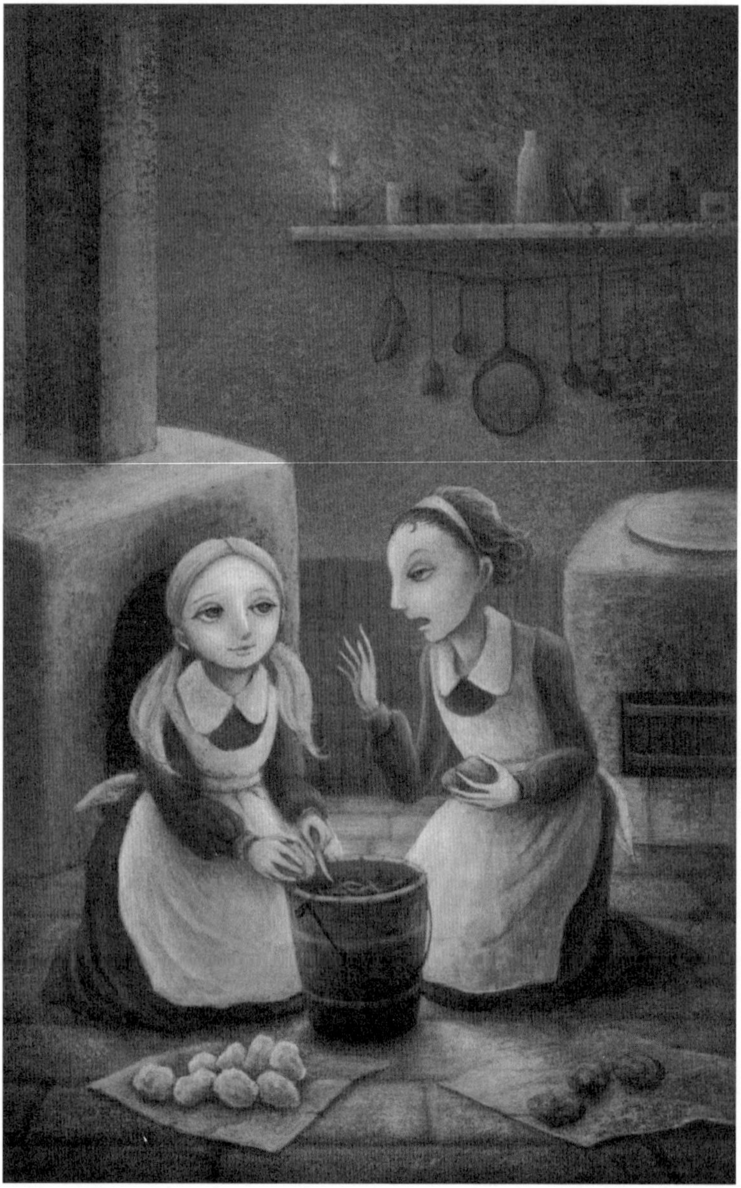

— As palavras do elefante?

— O elefante do meu sonho. Ele fala comigo.

— Ah, claro, o elefante do seu sonho, ele fala, esqueci — disse Lisette, bufando.

— No sonho, o elefante bate à porta e pergunta por mim — disse Adele, e baixou a voz. — Acho que para me levar daqui.

— Levar? — disse Lisette, os olhos se estreitando. — Para onde?

— Para casa.

— Ah! Claro! Para casa — disse Lisette, bufando novamente. — Quantos anos você tem?

— Seis. Quase sete.

— Ah, pois você é incrivelmente, excepcionalmente burra para uma menina de quase sete anos.

Alguém bateu à porta da cozinha.

— Veja! — disse Lisette. — Alguém está batendo! Talvez seja um elefante. — Ela se levantou, foi até a porta e a escancarou. — Veja só, Adele – disse, virando-se para a menina com um sorriso maldoso. – Veja quem está aqui. É um elefante, ele vai levá-la para casa.

Não era um elefante, era o mendigo da vizinhança, acompanhado por seu cão.

– Não temos nada para dar. Somos órfãs. Isso é um orfanato – gritou Lisette, batendo o pé.

– Não temos nada para dar – cantou o mendigo. – Mas veja, Adele, um elefante, e é uma ótima notícia.

Adele virou-se para o mendigo e viu que ele estava realmente faminto.

– Veja, Adele, um elefante – ele cantou –, mas saiba que a verdade está sempre mudando.

– Pare de cantar – disse Lisette, batendo a porta e voltando para se sentar ao lado de Adele. – Viu só quem bate à nossa porta? Cachorros cegos e mendigos cantando canções absurdas. Você acha que vão nos levar para casa?

– Ele estava faminto – disse Adele, sentindo uma lágrima espontânea descer-lhe pelo rosto, seguida de outra e mais outra.

– E daí? Quem você conhece que não esteja faminto?

– Ninguém – disse Adele, com sinceridade. Ela mesma estava sempre com fome.

– Isso mesmo. Estamos todos famintos. E daí?

Adele não conseguiu pensar em nada para dizer.

Tudo o que tinha era a frase do elefante, o elefante do sonho. Não era grande coisa, mas era sua, e a menina a repetiu para si mesma: *Vim buscar a pequena que vocês estão chamando de Adele; vim buscar a pequena que vocês estão chamando de Adele; vim buscar a pequena que vocês estão chamando de Adele...*

– Pare de mexer os lábios! – disse Lisette. – Não está vendo que ninguém virá nos buscar!

Capítulo onze

No primeiro sábado do mês, os cidadãos de Baltese foram ver o elefante. A fila saía da casa da condessa, serpenteava pela rua e descia a colina até sumir no horizonte. Havia jovens rapazes com cera no bigode e brilhantina no cabelo e velhas senhoras usando adereços emprestados, com o rosto enrugado muito limpo. Havia fabricantes de velas cheirando à cera de abelha quente, lavadeiras com calos nas mãos e esperança nos olhos, bebês mamando no peito das mães e velhos se apoiando pesadamente em suas bengalas.

Chapeleiras mantinham a cabeça erguida, desfilando, orgulhosas, suas mais novas criações. Lampianistas, com os olhos pesados de sono, postavam-se ao lado dos varredores de rua que empunhavam suas vassouras como se fossem espadas. Padres e videntes esperavam lado a lado, olhando-se com aversão e cautela.

Parecia que todo o mundo estava presente: toda a cidade de Baltese aguardava na fila para ver o elefante.

Cada um trazia esperanças e sonhos, desejos de vingança e de amor.

Estavam juntos.

Esperavam.

E, lá no fundo, bem no íntimo, embora soubessem ser impossível, acreditavam que a simples presença do elefante os libertaria e faria seus desejos, suas esperanças e seus sonhos se concretizarem.

Peter esperava na fila atrás de um homem todo vestido de preto, com um chapéu preto de aba excepcionalmente larga. O sujeito se balançava para a frente e para trás, apoiando-se ora nos calcanhares, ora na ponta dos pés, e murmurando:

— As dimensões de um elefante são assombrosas. As dimensões de um elefante são realmente assombrosas. Agora vou lhes dizer detalhadamente as dimensões de um elefante.

Peter ficou atento, pois queria muito saber as dimensões de um elefante. Parecia uma informação útil, mas o homem de chapéu preto nunca chegava aos números propriamente ditos. Em vez disso, depois de insistir que diria detalhadamente as dimensões do elefante, ele fazia uma pausa dramática,

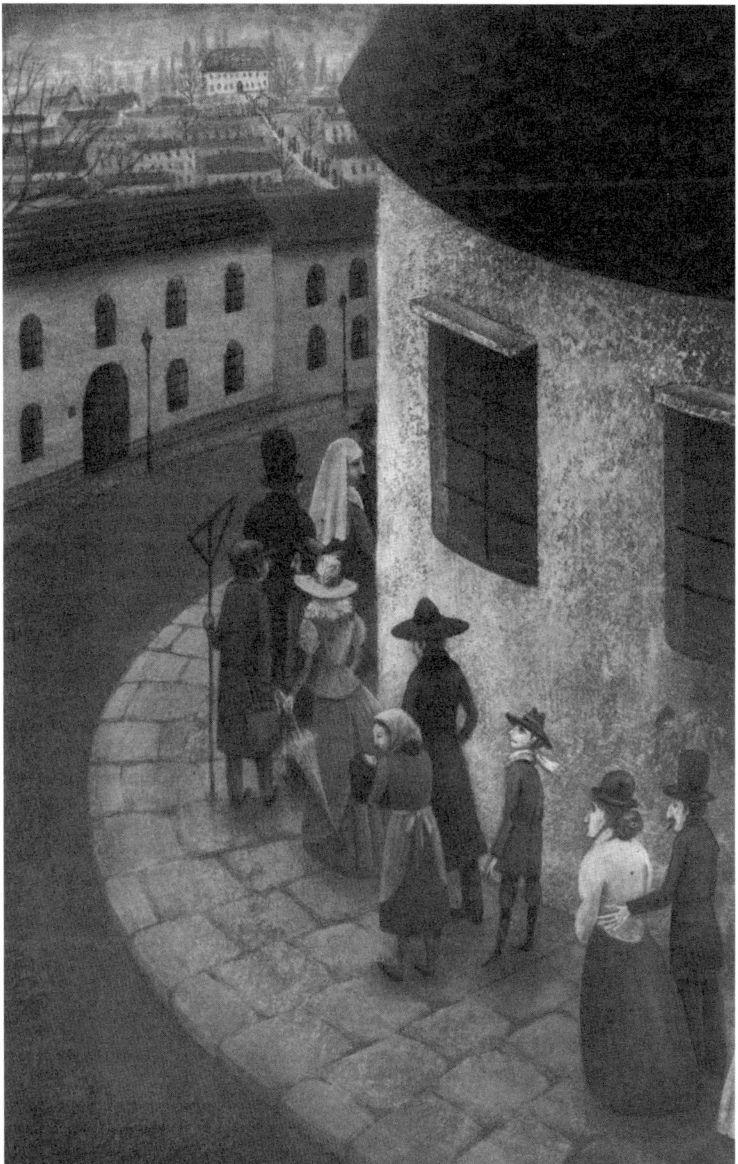

inspirava profundamente e recomeçava, balançando para a frente e para trás, apoiando-se ora nos calcanhares, ora na ponta dos pés:

— As dimensões de um elefante são assombrosas. As dimensões de um elefante são realmente assombrosas.

A fila avançava devagar, e, no fim da tarde, os murmúrios do homem de chapéu preto foram bondosamente eclipsados pela música de um mendigo que cantava de mão estendida, com um cão preto ao seu lado.

A voz do mendigo era doce, suave e cheia de esperança. Peter fechou os olhos e ficou ouvindo. A música lhe apaziguava o coração e o reconfortava.

— Veja, Adele — cantou o mendigo. — Eis seu elefante.

Adele.

Peter virou-se e olhou diretamente para o mendigo, e ele, para sua surpresa, cantou o nome outra vez.

Adele.

— Deixe-o segurar o bebê — dissera sua mãe para a parteira, na noite em que o bebê nasceu, a noite em que sua mãe morreu.

— Não acho que seja uma boa ideia — disse a parteira. — Ele ainda é muito jovem.

— Não, deixe-o segurar o bebê — disse a mãe.

Então, a parteira entregou-lhe o bebê, que estava chorando, e ele o segurou nos braços.

— Tente se lembrar disso — disse a mãe. — Ela é sua irmã, seu nome é Adele. Ela lhe pertence, e você pertence a ela. Não se esqueça. Pode fazer isso?

Peter assentira com a cabeça.

— Vai cuidar dela?

Peter assentira novamente.

— Promete, Peter?

— Prometo — ele dissera e depois repetira aquela palavra terrível e maravilhosa para o caso de a mãe não ter escutado: — Prometo.

Adele, como se também tivesse escutado e compreendido, parou de chorar.

Peter abriu os olhos. O mendigo se fora, e o homem de preto voltara a repetir as palavras dolorosamente familiares:

— As dimensões de um elefante...

Peter tirou o chapéu, colocou-o de volta e o tirou, fazendo o possível para conter as lágrimas.

Tinha prometido.

Tinha *prometido*.

Levou um empurrão.

— Está fazendo malabarismo com o chapéu ou está esperando na fila? — disse uma voz áspera.

— Esperando na fila — disse Peter.

— Bom, então ande, por favor.

Peter enfiou o chapéu na cabeça e deu um passo à frente, resoluto, como o soldado, o excelente soldado, que um dia ele quisera ser.

* * *

No salão de festas do conde e da condessa Quintet, enquanto as pessoas passavam por ele em fila, tocando e alisando sua pele, apoiando-se em seu corpo, cuspindo, rindo, chorando, rezando e cantando, o elefante mantinha-se de pé, desconsolado.

Havia muitas coisas que ele não entendia.

Onde estavam seus irmãos e suas irmãs? Sua mãe?

Onde estava o capim alto, o sol radiante? Onde estavam os dias quentes, as sombras frescas e as noites amenas?

O mundo tinha se tornado insuportavelmente frio, confuso e caótico.

Ele parou de pensar no próprio nome.

Decidiu que queria morrer.

Capítulo doze

A condessa Quintet logo viu que o elefante fazia muita sujeira no salão de festas, e, assim, por questão de elegância e de higiene, contratou um homem baixinho e extremamente discreto para ficar de prontidão atrás do animal, com um balde e uma pá. O homem tinha as costas arqueadas e contorcidas, de modo que mal conseguia levantar o rosto e não olhava diretamente para nada nem ninguém.

Via tudo de esguelha.

Seu nome era Bartok Whynn, e, antes de se postar perpétua e eternamente atrás do elefante, ele trabalhara como escultor na maior e mais imponente catedral da cidade, talhando gárgulas de pedra. As gárgulas de Bartok Whynn eram absolutamente assustadoras, uma mais feia do que a outra.

Certo dia, no final do verão que antecedeu o inverno do elefante, Bartok Whynn tentava dar vida à gárgula mais horrível que já concebera, quando tropeçou e caiu. Como estava bem no alto, levou algum tempo para chegar ao chão. E teve tempo de pensar.

Pensou: *Vou morrer.*

Depois: *Mas sei uma coisa. Sei uma coisa. O que sei?*

Então, lembrou-se: *Ah, sim. Já sei o que sei. A vida é engraçada. É isso.*

E, enquanto despencava, deu uma gargalhada. As pessoas na rua ouviram e exclamaram umas para as outras: "Ora, o homem vai morrer e está rindo!"

Bartok Whynn se estatelou no chão, e os outros pedreiros levaram seu corpo quebrado, ensanguentado e inconsciente para casa, para sua esposa, que não sabia se mandava chamar o agente funerário ou o médico.

Por fim, acabou chamando o médico.

— Ele quebrou a coluna, não vai sobreviver — disse o médico à esposa de Bartok Whynn. — Ninguém sobrevive a uma queda dessas. O fato de ainda estar vivo é um milagre inexplicável, pelo qual só podemos agradecer. Deve ter algum significado que escapa à nossa compreensão.

Bartok Whynn, que até aquele momento estivera inconsciente, deixou escapar um pequeno gemido, puxou o jaleco do médico e gesticulou para que ele chegasse mais perto.

— Espere — disse o médico. — Veja, senhora. Ele vai dizer as palavras, as importantes palavras, a grande mensagem. Ele só foi poupado para transmiti-la. Pode falar, senhor. Confie-me sua mensagem.

Com um gesto teatral, o médico puxou o jaleco para trás, debruçou-se sobre o corpo quebrado de Bartok e ofereceu-lhe o ouvido.

— Heeeeeeeeeee — sussurrou Bartok Whynn no ouvido do médico —, heee, heee.

— O que foi que ele disse? — perguntou a esposa.

O médico se aprumou, muito pálido.

— Não disse nada.

— Nada? — disse a esposa.

Bartok puxou novamente o jaleco do médico, e novamente o médico se inclinou e ofereceu-lhe o ouvido, só que dessa vez com bem menos entusiasmo.

— Heeeeeeeeeeeeee — riu Bartok Whynn no ouvido do médico —, heeeee, heee.

O médico se recompôs. Ajeitou o jaleco.

– Não disse nada? – perguntou a esposa, retorcendo as mãos.

– Senhora – disse o médico –, ele está rindo. Ficou louco. Morrerá logo. Não pode, não vai escapar.

Mas a coluna quebrada do escultor sarou daquele jeito estranho e curvado, e ele sobreviveu.

Antes do acidente, Bartok Whynn era um indivíduo amargo de 1,75 m de altura que ria, no máximo, duas vezes por mês. Depois do acidente, passou a ter 1,50 m de altura e a rir, de modo sombrio e malicioso, todos os dias, toda hora, por qualquer coisa e por nada. Tudo era motivo de riso.

Ele voltou às altas sacadas da catedral para trabalhar. Pegou o cinzel, colocou-se de frente para a pedra, mas não conseguiu talhar nada, pois não parava de rir. Ria o tempo todo, suas mãos tremiam, a pedra continuava intocada, as gárgulas não apareciam, e ele foi demitido do emprego.

Foi assim que Bartok Whynn acabou atrás do elefante com um balde e uma pá. O novo emprego não diminuía sua propensão para o riso. Pelo contrário, ele ria até com mais frequência. Ria com mais intensidade.

Bartok Whynn ria.

Assim, mais tarde naquele mesmo dia, na escuridão perpétua e invariável das tardes de inverno de Baltese, quando Peter atravessou a porta do elefante e entrou no salão de festas bem iluminado da condessa Quintet, o que ele ouviu foram risadas.

No começo, não conseguiu ver o elefante.

Havia muita gente em torno do animal, bloqueando sua visão. Então, Peter se aproximou, e o elefante finalmente apareceu. Era, ao mesmo tempo, maior e menor do que o menino esperara. Quando o viu, a cabeça pendendo para baixo, os olhos fechados, Peter sentiu um aperto no coração.

– Continuem andando, não parem... ha, ha, hee! – gritou um baixinho com uma pá na mão. – Heeeeee! Continuem andando para que todos, *todos* possam ver o elefante.

Peter tirou o chapéu e o segurou contra o peito. Aproximou-se e colocou a mão no flanco áspero e rijo do elefante. O animal se mexia, balançando de um lado para o outro. Seu calor deixou o menino perplexo. Peter abriu caminho por entre a multidão e conseguiu chegar perto de sua orelha para lhe dizer o que viera dizer, perguntar o que viera perguntar.

– Com licença, sabe onde está minha irmã? Pode me dizer onde ela está?

Mas logo se arrependeu de ter falado. O elefante parecia muito cansado, muito triste. Será que estava dormindo?

– Continuem andando, não parem... ha, ha, hee! – gritava o corcunda.

— Por favor, você poderia, eu preciso... você poderia abrir os olhos? Poderia olhar para mim? – sussurrou Peter para o elefante.

O elefante parou de balançar. Ficou absolutamente imóvel. Depois de um tempo, abriu os olhos e fitou o menino com um olhar intenso de desespero.

Peter esqueceu-se de Adele, da mãe, da vidente, do velho soldado, do pai, dos campos de batalha, das mentiras, das promessas e das adivinhações. Esqueceu-se de tudo, menos da verdade que podia ver nos olhos do elefante.

O animal estava desconsolado.

Precisava ir para casa.

Se não fosse para casa certamente morreria.

Quanto ao elefante, no momento em que abriu os olhos e viu o menino, ele sentiu um choque elétrico percorrer-lhe o corpo.

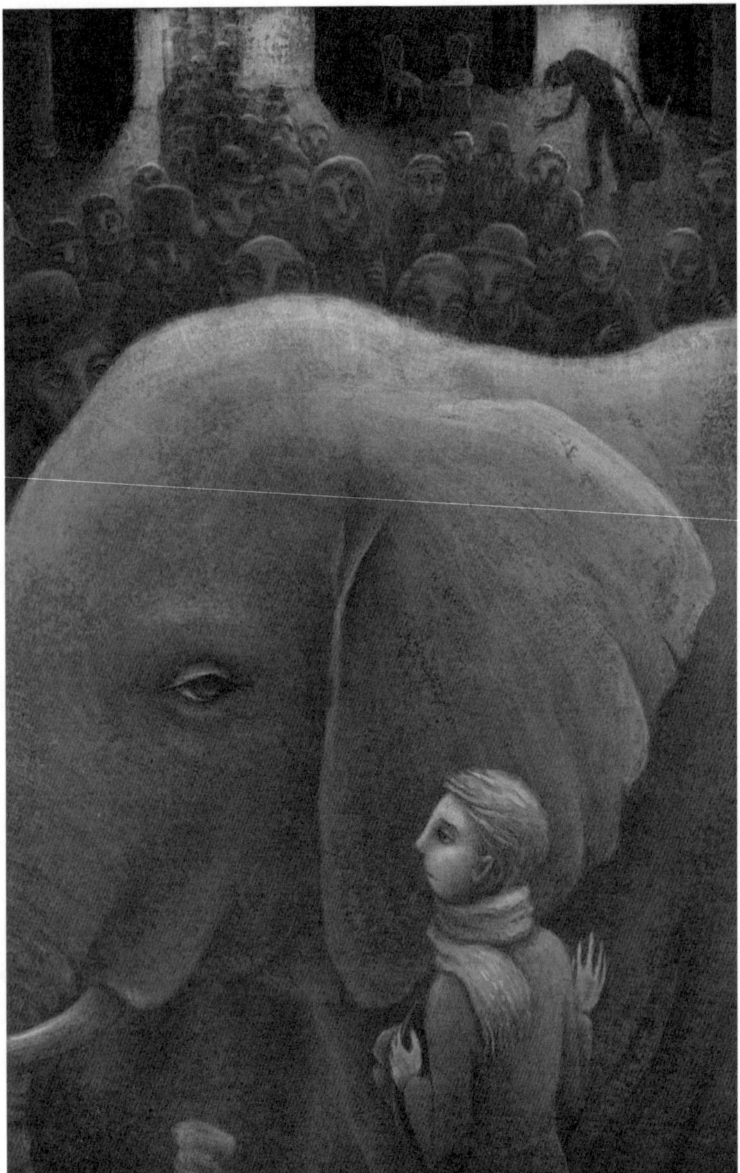

O menino o olhava como se o conhecesse.

O menino o olhava como se o entendesse.

Pela primeira vez desde que despencara do teto do teatro, o elefante sentiu algo parecido com esperança.

– Não se preocupe – sussurrou Peter. – Vou levá-lo para casa.

O elefante fitou o menino.

– Prometo – disse Peter.

– Próximo! – gritou o baixinho com a pá. – Continuem andando, não parem. Ha, ha, hee! As outras pessoas também querem ver o... Ha, ha, hee!... elefante.

Peter recuou.

Virou-se e saiu andando sem olhar para trás. Deixou o salão de festas da condessa Quintet, atravessou a porta do elefante e saiu para o mundo escuro.

Ele fizera uma promessa ao elefante, mas que tipo de promessa?

Era uma promessa do pior tipo; mais uma promessa que ele não poderia cumprir.

Como ele, Peter, poderia levar um elefante para casa? Nem sabia onde o elefante morava. Seria na África? Na Índia? Onde ficavam esses lugares? Como levaria o elefante para lá?

Teria dado na mesma prometer ao elefante um par de asas.

O que fiz foi horrível, pensou Peter. *Foi horrível. Nunca deveria ter feito aquela promessa. Também não deveria ter feito aquela pergunta à vidente. Não deveria, não deveria. Deveria ter deixado as coisas como estavam. O que o mágico fez também foi horrível. Ele não deveria ter trazido o elefante para cá. Ainda bem que foi preso. Tomara que nunca, nunca o soltem. Ele é uma pessoa horrível por ter feito isso.*

Foi então que Peter teve uma ideia tão maravilhosa que ele até parou de andar. Colocou o chapéu na cabeça. Depois o tirou. Colocou-o de novo.

O mágico.

Se no mundo havia uma mágica com poder suficiente para fazer um elefante aparecer, certamente haveria uma mágica de igual força, uma mágica com poder suficiente para desfazer o que fora feito.

Talvez houvesse uma mágica capaz de mandar o elefante para casa.

– O mágico – disse Peter em voz alta e depois exclamou: – Leo Matienne!

Colocou o chapéu na cabeça e começou a correr.

Capítulo treze

Leo Matienne abriu a porta do apartamento. Estava descalço, com um guardanapo em volta do pescoço e com um pedacinho de cenoura e umas migalhas de pão no bigode. O cheiro de cozido de carneiro se espalhou pela noite fria e escura.

— É Peter Augustus Duchene! — disse Leo Matienne. — Está com o chapéu na cabeça. E está aqui, no térreo, e não no andar de cima como um cuco de relógio.

— Desculpe interromper o jantar — disse Peter —, mas preciso falar com o mágico.

— Precisa fazer o quê?

— Preciso que me leve à prisão para ver o mágico. Você é um oficial da polícia; não será barrado, claro.

— Quem é? — disse Glória Matienne, caminhando até a porta e colocando-se ao lado do marido.

— Boa noite, senhora Matienne — disse Peter, tirando o chapéu e cumprimentando Glória com uma reverência.

— Boa noite para você também — disse Glória.

— É, boa noite — disse Peter, colocando o chapéu na cabeça. — Desculpe interromper o jantar, mas tenho de ir para a prisão imediatamente.

— Ele tem de ir para a prisão? — disse Glória Matienne ao marido. — Será que ouvi direito? Cruzes! Que pedido mais estranho para uma criança! E olhe só para ele. Está tão magro que parece doente. Está... como se diz?

— Raquítico? — disse Leo.

— Isso mesmo. Raquítico. Aquele velho não lhe dá comida? Além de amor, também falta comida no sótão?

— Temos pão — disse Peter. — E peixe, mas os peixes são muito pequenos, pequenos demais.

— Entre — disse Glória. — Entre agora mesmo. É isso o que você tem de fazer. Entre.

— Mas... — disse Peter.

— Entre — disse Leo. — Vamos conversar.

— Entre — disse Glória Matienne. — Primeiro vamos comer, *depois* vamos conversar.

* * *

No apartamento de Leo e Glória Matienne, havia uma lareira maravilhosa, e a mesa da cozinha fora trazida para perto do fogo.

— Sente-se — disse Leo Matienne.

Peter sentou-se. Suas pernas tremiam e seu coração batia acelerado, como se ele ainda estivesse correndo.

— Acho que não temos tempo — ele disse. — Acho que não temos tempo para jantar.

Glória deu-lhe uma tigela de cozido.

— Coma — disse ela.

Peter levou a colher à boca. Mastigou. Engoliu.

Fazia tempo que só comia peixes minúsculos e pão velho.

Assim, quando provou o cozido, ficou maravilhado. A quentura e a sustância do alimento o tomaram de surpresa; era como se uma mão o tivesse empurrado inesperadamente. Tudo o que perdera estava voltando à tona: o jardim, o pai, a mãe, a irmã, as promessas que fizera e que não tinha como cumprir.

— O que foi? — disse Glória Matienne. — Ele está chorando.

— Shhh — disse Leo, colocando a mão no ombro de Peter. — Shhh. Não se preocupe, Peter. Vai ficar tudo bem. Vai ficar tudo bem. Vamos fazer o que for necessário. Mas agora você precisa comer.

Peter assentiu com a cabeça. Pôs a colher na boca. Mastigou e engoliu, e novamente ficou maravilhado. Não podia evitar. Não tinha como conter as lágrimas; elas escorriam por seu rosto e caíam na tigela.

— O cozido está muito bom, senhora Matienne — ele conseguiu dizer. — Está muito bom mesmo.

Suas mãos tremiam; a colher chacoalhava dentro da tigela.

— Cuidado para não derramar — disse Glória Matienne.

Acabou-se, pensou Peter. *Acabou-se! E não há volta.*

— Coma — insistiu Leo Matienne com ternura.

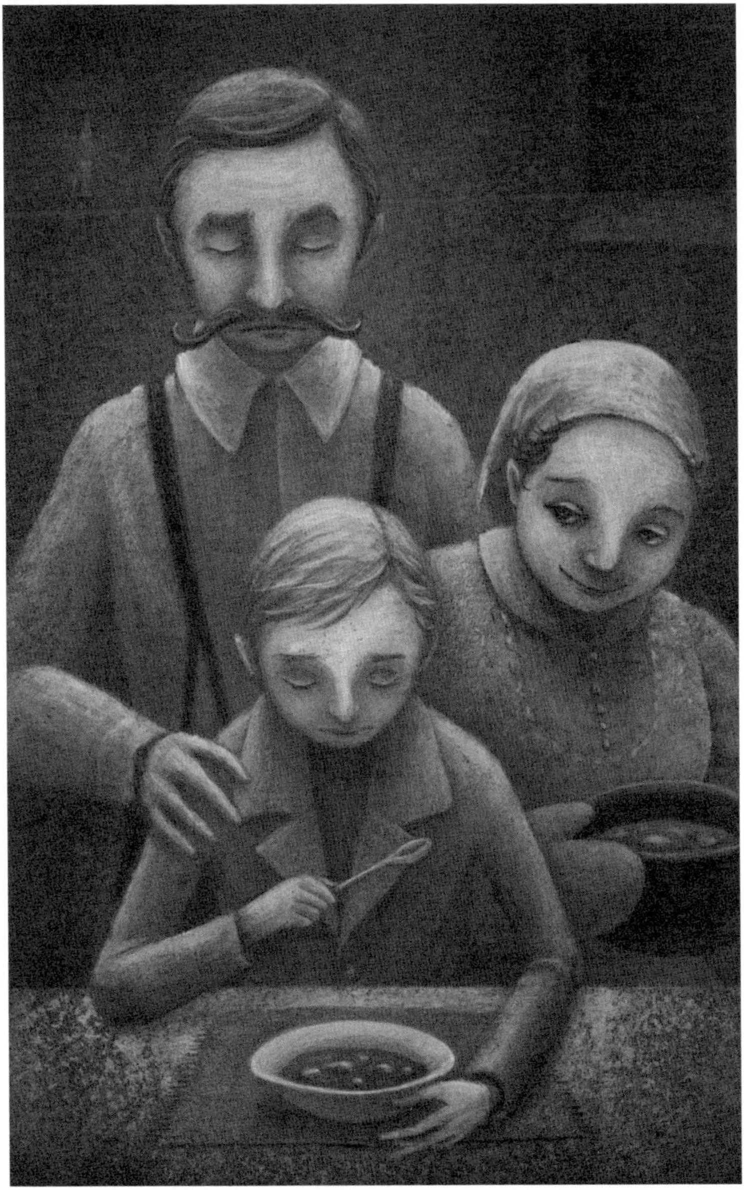

Então Peter deu-se conta de tudo o que havia perdido.

E voltou a comer.

Quando o menino terminou, Leo Matienne tirou a tigela de suas mãos e a colocou na mesa, dizendo:

— Agora, conte-nos tudo.

— Tudo? – disse Peter.

— É, tudo – disse Leo Matienne, recostando-se na cadeira. – Comece pelo princípio.

Peter começou pelo jardim. Começou pelo pai jogando-o para o alto e pegando-o nos braços. Começou pela mãe vestida de branco, sorridente, a barriga grande como um balão.

— O céu estava roxo – disse Peter. – Os lampiões estavam acesos.

— É – disse Leo Matienne. – Posso imaginar. Mas onde está seu pai agora?

— Ele era soldado – disse Peter. – Morreu no campo de batalha. Vilna Lutz serviu com ele, lutou ao seu lado. Eram amigos. Foi ele que veio nos dar a notícia da morte de meu pai.

— Vilna Lutz – disse Glória Matienne, como se estivesse dizendo um palavrão.

— Quando mamãe ouviu a notícia, o bebê começou a sair: era minha irmã, Adele. – Peter parou para respirar fundo. – Minha irmã nasceu, e minha mãe morreu. Antes de ela morrer prometi que cuidaria de Adele. Mas não pude cumprir a promessa, pois a parteira levou o bebê e Vilna Lutz me levou com ele para fazer de mim um soldado.

Glória Matienne se levantou.

— Vilna Lutz! – ela gritou, brandindo o punho na direção do teto. – Vou ter uma palavrinha com ele.

— Sente-se, por favor – disse Leo Matienne.

Glória se sentou.

— E o que aconteceu com sua irmã? — perguntou Leo.

— Vilna Lutz disse que ela tinha morrido. Disse que tinha nascido morta, natimorta.

Glória Matienne bufou.

— Foi o que ele disse, mas é mentira. Ele mentiu. E admitiu a mentira. Ela não está morta.

— Vilna Lutz! — disse Glória Matienne, levantando-se num pulo e brandindo o punho.

— A vidente disse que ela está viva, e o meu sonho disse o mesmo. A vidente também disse que o elefante, *um* elefante, iria me levar até ela. Mas, hoje à tarde, vi o elefante, Leo Matienne, e acho que ele vai morrer se não for para casa. Ele precisa ir para casa. O mágico precisa mandá-lo de volta.

Leo cruzou os braços e inclinou a cadeira para trás.

— Não faça isso — disse Glória, sentando-se novamente. — Vai quebrar a cadeira.

Leo Matienne pousou os quatro pés da cadeira no chão, bem devagar, e sorriu.

– E se? – ele disse.

– Ah, não comece – disse a esposa. – Por favor, não comece.

– Por que não?

Ouviu-se um baque surdo no andar de cima. Era o pé de madeira de Vilna Lutz batendo no assoalho, exigindo alguma coisa.

– Não seria possível?

– Seria – disse Peter, sem olhar para cima. Ele mantinha os olhos fixos em Leo Matienne.

– E se? – ele disse ao policial.

– Por que não? – disse Leo Matienne, sorrindo.

– Basta! – disse Glória.

– Não, não basta – disse Leo Matienne. – Não basta. Devemos fazer essas perguntas sempre que necessário. Como o mundo vai mudar se não o questionarmos?

— O mundo não vai mudar — disse Glória. — O mundo é desse jeito desde sempre.

— Não — disse Leo Matienne, com delicadeza. — Não acredito nisso. Peter está aqui, diante de nós, pedindo para mudarmos alguma coisa.

Tum, tum, tum, fez o pé de Vilna Lutz no andar de cima.

Glória olhou do teto para Peter.

Ela fez que não com a cabeça. Depois fez que sim, lentamente.

— É, foi o que pensei — disse Leo Matienne, levantando-se e tirando o guardanapo do pescoço. — Temos de ir para a prisão agora.

Leo abraçou a esposa e a estreitou nos braços. Ela encostou o rosto no do marido, depois se desvencilhou e se virou para Peter.

— Você — ela disse.

— Pois não — disse Peter, e se aprumou como um soldado à espera de inspeção, sobressaltando-se, quando ela, inesperadamente, o abraçou e o apertou, envolvendo-o no aroma de cozido de carneiro, maisena e capim verde.

Ah, um abraço!

Ele tinha esquecido o que era aquilo. Colocou os braços em volta de Glória Matienne e voltou a chorar.

— Pronto — ela disse, balançando-se com o menino para a frente e para trás. — Pronto, seu garoto bobinho, bonitinho que quer mudar o mundo. Pronto, pronto. Quem poderia não gostar de você? Quem não amaria um garotinho tão bom e sincero?

Capítulo catorze

Na casa da condessa, no salão de festas escuro e vazio, o elefante dormia. Sonhava que estava andando pela savana. O céu era de um azul vivo. Ele sentia o calor do sol no dorso. E, em seu sonho, o menino aparecia à sua frente, ao longe, e o esperava.

Quando chegava mais perto, o menino o olhava como naquela tarde. Mas não dizia nada. Simplesmente punha-se a andar ao seu lado.

Atravessavam juntos o capim alto, e, no sonho, o elefante achava maravilhoso caminhar com o menino. Parecia-lhe que as coisas estavam exatamente como deveriam estar, e ele estava feliz.

O sol era tão quente!

Na prisão, deitado sobre a capa, o mágico olhava fixamente pela janela, esperando que as nuvens se abrissem e a estrela cintilante aparecesse.

Ele não conseguia dormir.

Toda vez que fechava os olhos, via o elefante despencando do teto do teatro e caindo em cima de Madame La Vaughn. Aquela imagem o atormentava tanto que ele não tinha sossego nem descanso. Só conseguia pensar no elefante e na incrível e estupenda mágica que o trouxera ao teatro.

Além disso, também sentia uma solidão dolorosa e devastadora. Desejava, do fundo do coração, poder ver um rosto, um rosto humano. Ficaria contente, felicíssimo, até mesmo com o rosto acusador e suplicante da aleijada Madame La Vaughn. Se ela estivesse ao seu lado naquele instante, o mágico lhe mostraria a estrela que às vezes aparecia na janela e diria:

— Diga a verdade, já viu algo mais lindo e comovente? O que fazer de um mundo onde as estrelas brilham em meio a tamanha escuridão e tristeza?

Portanto, o mágico estava acordado na noite em que a porta externa da prisão se abriu com um som metálico e os passos de duas pessoas ecoaram pelo longo corredor.

Ele se levantou.

Vestiu a capa.

Olhou por entre as barras da cela e viu a claridade de um lampião se espalhando pelo corredor escuro. Seu coração disparou. Ele gritou para a luz que vinha em sua direção.

O que foi que o mágico disse?

Você sabe muito bem o que ele disse.

– Queria fazer aparecer lírios! – gritou o mágico. – Entenda. Só um buquê de lírios.

À luz do lampião de Leo Matienne, Peter viu o mágico claramente. Sua barba estava comprida e desalinhada, as unhas quebradiças e rachadas, e uma pátina de mofo cobria sua capa. Seus olhos brilhavam, mas eram olhos de animal encurralado: desesperados, suplicantes e raivosos.

Peter ficou desanimado. Aquele homem não seria capaz de realizar mágica nenhuma, quanto mais uma mágica grandiosa e magnífica que levasse o elefante para casa.

– Quem são vocês? – disse o mágico. – Quem os mandou aqui?

– Meu nome é Leo Matienne, e este é Peter Augustus Duchene. Viemos falar sobre o elefante.

— Claro, claro — disse o mágico. — O que mais vocês teriam para falar comigo?

— Queremos que faça uma mágica para mandar o elefante de volta — disse Peter.

O mágico riu; não era uma risada agradável.

— Mandá-lo de volta? E por que faria isso?

— Porque senão ele vai morrer — disse Peter.

— E por que ele morreria?

— Porque está com saudade de casa — disse Peter. — Acho que está desconsolado.

— Uma mágica contra saudade e desconsolo? — disse o mágico, rindo, e balançou a cabeça. — Quando ele apareceu, foi tudo tão magnífico, tão maravilhoso, vocês não entendem, não entendem. Mas veja no que deu.

Em algum lugar na prisão, alguém chorava. Era o mesmo choro contido a que Vilna Lutz se entregava, às vezes, quando achava que Peter estava dormindo.

O mundo está em frangalhos, pensou Peter, *e não tem conserto.*

O mágico ficou imóvel, a cabeça encostada nas grades. O choro do prisioneiro ficava ora mais alto, ora mais baixo. Peter notou que o mágico também estava chorando; lágrimas pesadas e solitárias desciam-lhe pelo rosto e desapareciam em sua barba.

Talvez ainda estivesse em tempo.

– Eu acredito – disse Peter baixinho.

– Acredita no quê? – perguntou o mágico sem se mexer.

– Acredito que ainda seja possível consertar as coisas. Acredito que você é capaz de realizar a mágica necessária.

O mágico balançou a cabeça.

– Não – ele disse em voz baixa, como se estivesse falando consigo mesmo. – Não.

Fez-se um longo silêncio.

Leo Matienne pigarreou uma vez, duas vezes. Abriu a boca para falar e disse apenas duas palavras:

— E se?

O mágico levantou a cabeça e olhou para o policial.

— E se? "E se?" é uma pergunta da mágica.

— É, da mágica e da vida — disse Leo. — Então: e se? E se você tentasse?

— Já tentei — disse o mágico. — Tentei, mas não consegui. — As lágrimas ainda lhe corriam pelo rosto. — Veja bem: não quis mandá-lo de volta, ele foi meu melhor truque de mágica.

— Mandá-lo de volta também seria um ótimo truque — disse Leo Matienne.

— Na sua opinião — disse o mágico, olhando de Leo Matienne para Peter e depois para Leo Matienne.

— Por favor — disse Peter.

A luz do lampião de Leo Matienne tremulou, e a sombra do mágico, projetada na parede, diminuiu de repente e depois cres-

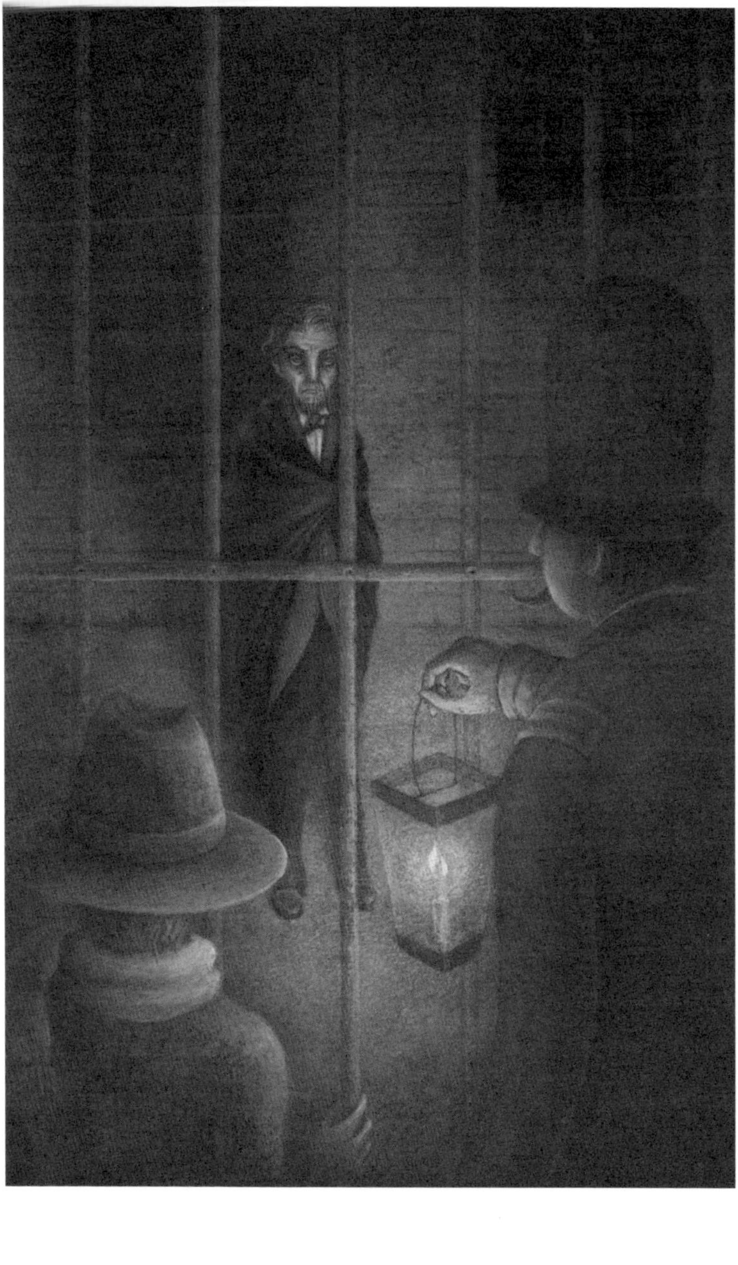

ceu. Desgarrou-se, como se fosse uma criatura à parte, cuidando dele, esperando, ansiosa, tal como Peter, que ele decidisse o que parecia ser o destino de todo o universo.

— Muito bem — disse o mágico, por fim. — Vou tentar. Mas preciso de duas coisas. Preciso do elefante, pois não posso fazê-lo desaparecer se não estiver presente. E preciso de Madame La Vaughn. Vocês terão de trazer o elefante e a mulher até aqui.

— Mas isso é impossível — disse Peter.

— A mágica é sempre impossível — disse o mágico. — Começa com o impossível, termina com o impossível e é impossível entre uma coisa e outra. É por isso que se chama mágica.

Capítulo quinze

Madame La Vaughn, às vezes, passava a noite acordada com fortes dores nas pernas. E, como não conseguia dormir, fazia questão de que os criados lhe fizessem companhia.

Fazia questão de lhes contar de novo que aquela noite se vestira para ir ao teatro, onde entrara (entrara andando, com as próprias pernas!) sem imaginar o que o destino lhe guardava. Fazia questão de que o jardineiro e o cozinheiro, as criadas e as camareiras fingissem estar interessados quando novamente ela lhes contava que fora escolhida pelo mágico dentre um mar de voluntários.

— "Quem de vocês quer fazer parte da minha mágica?" Foram essas as suas palavras — dizia Madame La Vaughn.

Os criados a ouviam (ou fingiam ouvi-la) quando ela falava do elefante que despencara do vazio e contava que a ideia de um elefante fora inconcebível a princípio, mas depois se tornara um fato irrefutável em seu colo.

— Ele me aleijou — dizia, por fim —, o elefante que caiu do teto me aleijou!

Os criados já estavam tão familiarizados, tão acostumados com essa frase que acabavam repetindo as palavras de Madame La Vaughn, sussurrando-as como se estivessem em alguma cerimônia religiosa, oculta e estranha.

Era isso o que estava acontecendo em sua casa na noite em que bateram à porta e o mordomo apareceu por trás de Hans Ickman para avisar que um policial queria falar com Madame La Vaughn.

— A esta hora? — disse Hans Ickman.

Ele acompanhou o mordomo e viu que de fato havia um policial esperando à porta, um homem baixinho com um bigode ridiculamente grande. O policial deu um passo à frente e o cumprimentou com uma reverência, dizendo:

— Boa noite, meu nome é Leo Matienne. Sou membro da polícia de Sua Majestade. Mas não estou aqui a trabalho. Na verdade, queria fazer um pedido bastante incomum a Madame La Vaughn.

— Madame La Vaughn não pode atender — disse Hans Ickman. — É muito tarde, e ela está sentindo dor.

— Por favor — disse uma voz de criança. Hans Ickman notou que atrás do policial havia um menino com um chapéu de soldado na mão. — É importante.

O criado olhou nos olhos do menino e lembrou-se de si mesmo, ainda pequeno e capaz de acreditar em milagres, com os irmãos na margem do rio, a cadela branca pairando no ar.

— Por favor — disse o menino.

Então, Hans Ickman lembrou-se do nome de sua cadelinha branca. Rose. Ela se chamava Rose. Lembrar-se daquilo era como encaixar uma peça num quebra-cabeça. Ele teve uma deliciosa certeza. *O impossível*, pensou, *o impossível está para acontecer de novo*.

Seu olhar passou pelo policial e pelo menino e deteve-se na escuridão da noite. Viu algo rodopiando no ar. Um floco de neve. Depois outro e mais outro.

— Entrem — disse Hans Ickman, escancarando a porta. — É melhor vocês entrarem. Começou a nevar.

Era verdade. Estava nevando em toda a cidade de Baltese.

A neve caía nos becos escuros e no telhado novo do teatro. Acumulava-se nos torreões da prisão e no terraço do Condomínio Polonaise. Na mansão da condessa Quintet, a neve salientou o contorno gracioso da maçaneta da porta do elefante, e, na catedral, formou chapéus extravagantes e ridículos para as gárgulas, agachadas em fila, olhando para a cidade com aversão e inveja.

Os flocos de neve dançavam em torno do halo dos lampiões que ladeavam as largas avenidas de Baltese. A neve caía como uma cortina branca sobre o prédio feio e sombrio do Orfanato das Irmãs da Luz Perpétua, como se quisesse escondê-lo.

Finalmente estava nevando.

Enquanto a neve caía, Bartok Whynn sonhava.

Sonhava que estava esculpindo. Sonhava que estava fazendo o que sabia, o que gosta-

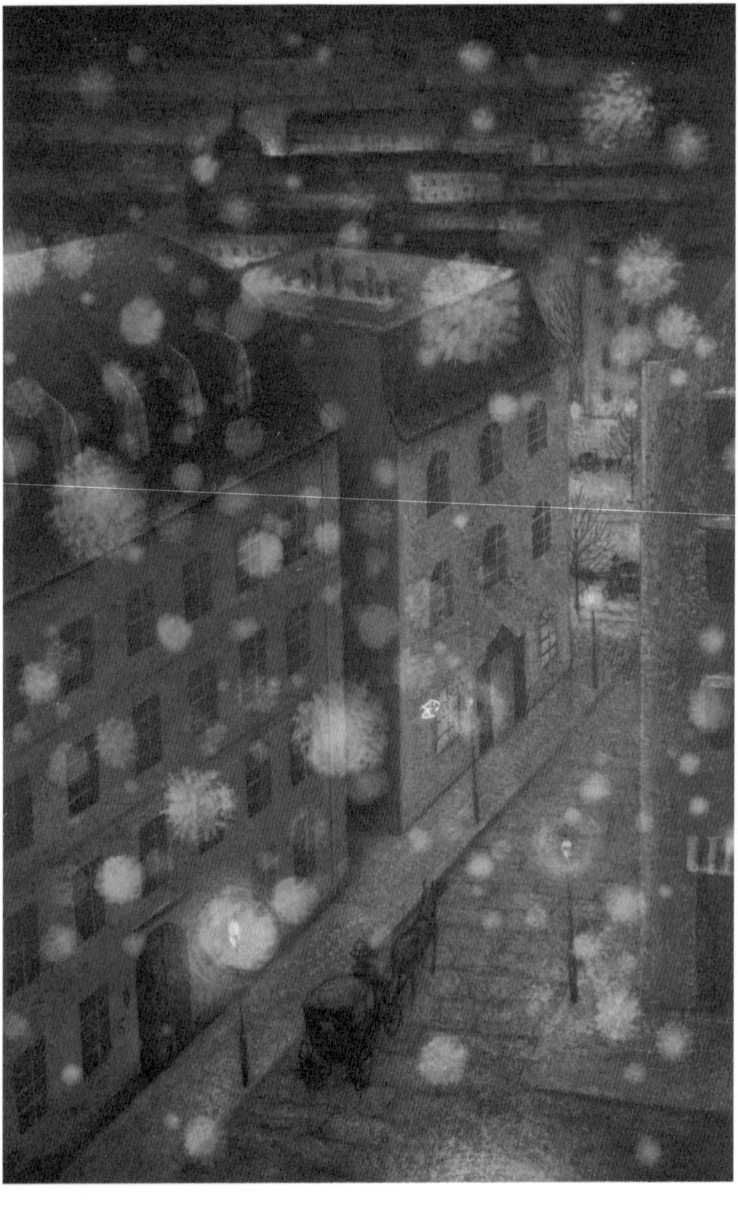

va de fazer: talhar a pedra. Só que, no sonho, ele não estava talhando gárgulas, mas sim figuras humanas. Primeiro foi um menino de chapéu; depois, um homem bigodudo; e, por fim, uma mulher sentada e um homem de prontidão atrás dela.

E, cada vez que uma nova pessoa surgia de suas mãos, Bartok Whynn sentia-se maravilhado e profundamente comovido.

– Você, você e você – ele dizia enquanto trabalhava. – E você.

E abria um sorriso.

E, como era um sonho, as pessoas talhadas na pedra também sorriam para ele.

* * *

Enquanto a neve caía, Irmã Marie, sentada junto à porta do Orfanato das Irmãs da Luz Perpétua, também sonhava.

Sonhava que estava voando bem alto, com o hábito desfraldado dos dois lados, como duas asas negras.

Estava felicíssima, pois, secretamente, bem no seu íntimo, sempre achara que podia voar. E, agora, lá estava ela, confirmando as velhas suspeitas de seu coração. Não tinha como negar, aquilo era extremamente gratificante.

Irmã Marie olhou para baixo, viu milhões e milhões de estrelas e pensou: *Não estou sobrevoando a Terra. Ora, estou voando muito mais alto. Estou voando acima das estrelas. Estou voando acima do céu.*

Mas, depois, ela viu que tinha se enganado; estava sobrevoando a Terra, sim, e aquilo não eram estrelas mas criaturas de nosso mundo, e todos elas – mendigos, cães, órfãos, reis, elefantes, soldados – irradiavam ondas de luz.

O mundo inteiro brilhava.

O coração de Irmã Marie se encheu de alegria e, expandindo-se, possibilitou que a freira voasse ainda mais alto. No entanto, por mais alto que voasse, nunca perdia de vista a Terra que brilhava lá embaixo.

— Oh, que maravilha! — Irmã Marie falou em voz alta, dormindo na cadeira junto à porta. — Eu sabia, não sabia? Sabia, sim. Sabia. Sempre soube.

Capítulo dezesseis

Hans Ickman empurrava a cadeira de rodas de Madame La Vaughn, e Leo Matienne caminhava de mãos dadas com Peter. Os quatro deslocavam-se depressa pelas ruas cobertas de neve rumo à casa da condessa.

– Não entendo – disse Madame La Vaughn. – Tudo isso é muito estranho.

– Acho que está na hora – disse Hans Ickman.

– Está na hora? Na hora? Na hora de quê? – disse Madame La Vaughn. – Explique-se.

— Está na hora de voltar para a prisão.

— Mas está muito tarde, e a prisão fica para lá — disse Madame La Vaughn, apontando com a mão cheia de joias. — A prisão fica na direção oposta.

— Precisamos fazer outra coisa antes — disse Leo Matienne.

— Que coisa? — disse Madame La Vaughn.

— Precisamos buscar o elefante na casa da condessa para levá-lo até o mágico — disse Peter.

— Buscar o elefante? — disse Madame La Vaughn. — Buscar o elefante? Levá-lo até o mágico? Ele enlouqueceu? O menino enlouqueceu? O policial enlouqueceu? Todo o mundo enlouqueceu, foi?

— É — disse Hans Ickman depois de uma longa pausa. — Acho que foi isso o que aconteceu. Todos nós enlouquecemos um pouquinho.

— Mmm, está bem, então — disse Madame La Vaughn —, entendo.

Então todos se calaram: a nobre senhora e seu criado, o policial e o menino que caminhava ao seu lado. Não se ouvia nada além do barulho da cadeira de rodas sulcando a neve e os passos abafados nos paralelepípedos.

Foi Madame La Vaughn quem quebrou o silêncio.

— Muito estranho — ela disse —, mas muito interessante, muito interessante. É como se qualquer coisa pudesse acontecer, qualquer coisa.

— Isso mesmo — disse Hans Ickman.

Na prisão, o mágico andava de um lado para o outro em sua pequena cela.

— E se eles conseguirem? — ele dizia. — Se conseguirem trazer o elefante para cá? Então não haverá escapatória. Será preciso dizer as palavras. Será preciso fazer a mágica para tentar mandá-lo de volta.

Ele parou, olhou pela janela e ficou espantado ao ver os flocos de neve dançando no ar.

— Veja! — disse, embora estivesse sozinho. — Está nevando, que maravilha!

O mágico ficou imóvel, vendo a neve cair.

De repente deixou de se importar por ter de desfazer seu maior truque de mágica.

Estava muito solitário, perdidamente solitário. Talvez tivesse de passar o resto da vida na cadeia, sozinho. E, agora, seu maior desejo era muito mais simples e muito mais complicado do que a mágica que tinha feito. Ele queria alguém para lhe fazer companhia, alguém para lhe dar a mão e assistir com ele à neve caindo do céu.

— Olhe — o mágico quis dizer a alguém que o amasse e a quem ele também amasse. — Olhe.

Peter, Leo Matienne, Hans Ickman e Madame La Vaughn estavam diante da casa da condessa Quintet. Juntos, olhavam para a porta do elefante, grande e imponente.

— Ah! — exclamou Peter.

— Vamos bater — disse Leo Matienne. — É o que devemos fazer primeiro, bater à porta.

— Isso — disse Hans Ickman. — Vamos bater.

Eles avançaram e começaram a bater.

O tempo parou.

Peter teve a sensação horrível de que passara a vida toda batendo à porta de alguma coisa, pedindo para entrar num lugar que ele nem sabia se existia.

Sua mão estava gelada. Os nós dos dedos lhe doíam. A neve caía com mais força e mais depressa.

— Acho que estou sonhando — disse Madame La Vaughn na cadeira de rodas. — Talvez tudo isso tenha sido um sonho.

Peter lembrou-se da porta no campo de trigo. Lembrou-se de Adele em seus braços. Lembrou-se da terrível tristeza no olhar do elefante.

– Por favor! – ele gritou. – Por favor, deixe-nos entrar.

– Por favor! – gritou Leo Matienne.

– É, por favor – disse Hans Ickman.

Eles ouviram alguém destrancando a porta por dentro. E a porta foi se abrindo devagarinho como se estivesse relutante. Um corcunda baixinho apareceu. Adiantou-se, olhou para a neve e riu.

– Pois não – ele disse. – Vocês bateram?

E voltou a rir.

* * *

Bartok Whynn riu ainda mais quando Peter lhe contou o motivo da visita.

– Vocês querem... ha, ha, hee... levar o elefante... ha, ha, hee, wheeeeee... para a pri-

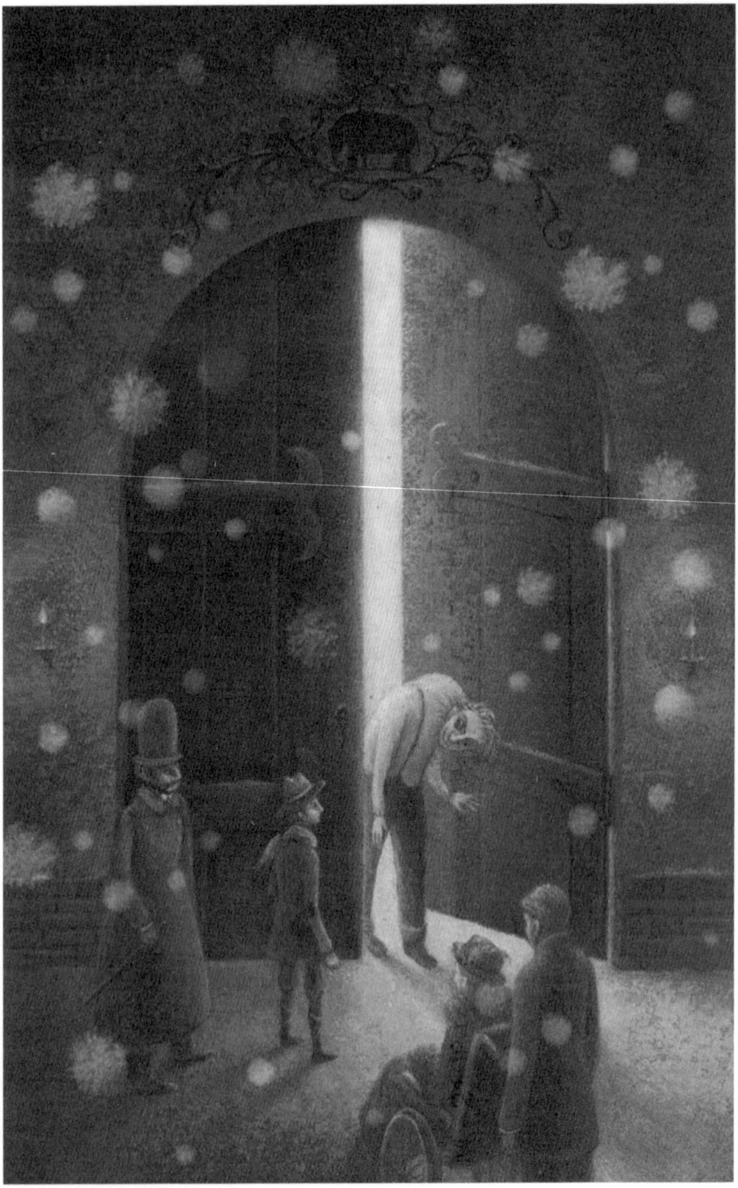

são para que o mágico o mande... wheeeeee... de volta?

Ele riu tanto que perdeu o equilíbrio e teve de se sentar na neve.

— Qual a graça? — disse Madame La Vaughn. — Conte-nos para que possamos rir com você.

— Vocês vão rir comigo... ha, ha, hee... só se acharem engraçado me imaginar morto. Imagine se a condessa acorda amanhã e descobre que o elefante sumiu, e que eu, Bartok Whynn, permiti... ha, ha, hee... que levassem o animal?

O baixinho ria tanto que suas gargalhadas já não faziam barulho.

— Mas e se você também sumisse? — disse Leo Matienne. — E se você também não estivesse mais aqui pela manhã?

— Como é? — disse Bartok Whynn. — O que você... ha, ha, hee... disse?

— Eu disse: e se você fizesse como o elefante e voltasse para casa, para o seu lugar?

Bartok Whynn olhou para Leo Matienne, Hans Ickman, Peter e Madame La Vaughn. Estavam todos imóveis, esperando. Ele também não se mexia, só perscrutava o grupo parado na neve.

E, no silêncio, ele finalmente os reconheceu.

Eram as esculturas de seu sonho.

* * *

Aquela noite, no salão de festas da condessa Quintet, quando o elefante abriu os olhos e viu o menino, não se surpreendeu.

Pensou apenas: *Você. Sabia que vinha me buscar.*

Capítulo dezessete

Foi a neve que acordou o cachorro. Ele ergueu a cabeça. Farejou.

Era neve, sim. Mas havia outro cheiro, o cheiro de algo grande e selvagem.

Iddo se levantou. Ficou atento, o rabo balançando.

Latiu. Depois latiu mais alto.

– Shhh – disse Tomás.

Mas o cachorro não se calou.

Algo incrível se aproximava. Ele tinha absoluta certeza disso. Algo maravilhoso estava para acontecer, e ele queria ser o responsável por anunciá-lo. O cachorro latia, latia e latia.

Empenhava-se de todo o coração para transmitir a mensagem.

Iddo latia.

Lá em cima, no dormitório do Orfanato das Irmãs da Luz Perpétua, Adele ouviu os latidos do cachorro. Levantou-se da cama, foi até a janela e viu a neve dançando, rodopiando em torno dos lampiões de rua.

— Está nevando, como no meu sonho — ela disse, apoiando-se no peitoril da janela para ver o mundo que embranquecia.

Então, por trás da cortina de neve, Adele viu o elefante. Ele estava andando no meio da rua, atrás de um menino. Havia também um policial, um homem empurrando uma mulher na cadeira de rodas e um homenzinho encurvado. E com eles estava o mendigo e o cão preto.

— Oh! — exclamou Adele.

A menina não duvidou de seus olhos. Não achou que estivesse sonhando. Simplesmente saiu da janela, desceu a escada no meio da escuridão, descalça, passou pelo salão, pelo corredor e por Irmã Marie, que estava dormindo. E escancarou a porta do orfanato.

— Aqui! — ela gritou. — Estou aqui!

O cão preto veio correndo pela neve ao encontro da menina. Ele dançou em volta dela, sempre latindo, latindo, latindo.

Era como se estivesse dizendo: "Encontramos você. Estávamos esperando por esse momento. E finalmente você está aqui."

— Sim — disse Adele para o cachorro —, estou aqui.

* * *

O vento que entrava pela porta acordou Irmã Marie.

— Está aberta! — ela gritou. — Está sempre aberta. É só chamar.

Quando despertou, viu que a porta realmente estava aberta e que, lá fora, na escuridão da noite, estava nevando. Irmã Marie se levantou da cadeira para fechar a porta e viu o elefante no meio da rua.

— Misericórdia! — ela disse.

Então viu Adele na neve, descalça, só com a camisola de dormir.

— Adele! — ela gritou. — Adele!

Mas não foi Adele que se virou para ela. Foi um menino com um chapéu na mão.

— Adele?

Ele disse o nome como se aquilo fosse ao mesmo tempo uma pergunta e uma resposta, e seu rosto se iluminou, maravilhado.

Na verdade, o menino inteiro brilhava como uma das estrelas cintilantes do sonho de Irmã Marie.

Ele a pegou no colo porque estava nevando, fazia frio e ela estava descalça, e também porque tinha prometido à sua mãe que cuidaria dela.

— Adele — ele disse. — Adele.

— Quem é você? — ela disse.

— Sou seu irmão.

— Meu irmão?

— É.

Ela sorriu para o menino, um doce sorriso de incredulidade, que logo se transformou em credulidade e depois em felicidade.

— Meu irmão. Como você se chama?

— Peter.

— Peter — ela disse. Depois repetiu: — Peter. Peter. E você trouxe o elefante.

— Sim, trouxe — disse Peter. — Ou foi ele que me trouxe, tanto faz, o fato é que a vidente estava certa. — Ele riu e se virou para o amigo. — Leo Matienne — gritou —, essa é a minha irmã!

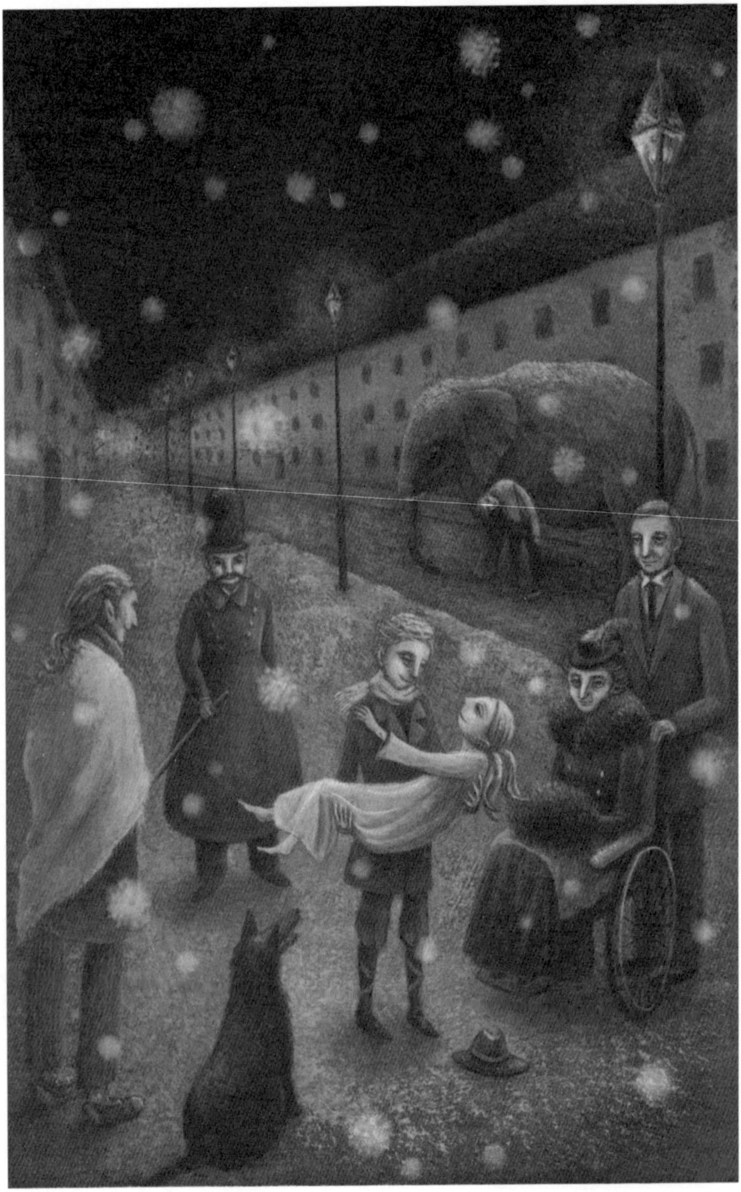

— Eu sei – disse Leo Matienne. – Estou vendo.

— Quem é? – disse Madame La Vaughn. – Quem é ela?

— É a irmã do menino – disse Hans Ickman.

— Não estou entendendo – disse Madame La Vaughn.

— É o impossível – disse Hans Ickman. – O impossível aconteceu de novo.

Irmã Marie saiu pela porta do Orfanato das Irmãs da Luz Perpétua para a rua coberta de neve, colocando-se ao lado de Leo Matienne.

— É ótimo sonhar com elefantes e depois ver o sonho se realizar – ela disse.

— É verdade – disse Leo Matienne –, deve ser maravilhoso.

Bartok Whynn, que estava ao lado da freira e do policial, abriu a boca para rir, mas não conseguiu.

— Preciso... — ele disse. — Preciso...

Mas não terminou a frase.

Enquanto isso, o elefante esperava debaixo da neve.

Foi Adele quem se lembrou dele e disse ao irmão:

— O elefante deve estar com frio. Para onde ele vai? Para onde vocês o estão levando?

— Para casa — disse Peter. — Vou... vamos levá-lo para casa.

Capítulo dezoito

Peter caminhava à frente do elefante, com Adele no colo. Ao seu lado ia Leo Matienne. Atrás do elefante vinha Madame La Vaughn na cadeira de rodas, empurrada por Hans Ickman; por sua vez seguido por Bartok Whynn. Atrás dele vinha o mendigo Tomás, com Iddo no seu encalço. Fechando a fila vinha Irmã Marie, que pela primeira vez em cinquenta anos não estava na porta do Orfanato das Irmãs da Luz Perpétua.

Peter os conduzia, e, nas ruas cobertas de neve, cada poste, cada porta, cada árvore, cada portão, cada paralelepípedo saltava diante dele e lhe falava. Tudo era deslumbrante e lhe sussurrava a mesma coisa. Cada objeto falava as palavras da vidente e expressava a esperança que ele trazia no peito e que, no fim, mostrara-se verdadeira: ela está viva, ela está viva, ela está viva.

E realmente estava viva! O menino sentia no rosto seu hálito quente.

Ela não pesava nada.

Peter poderia muito bem carregá-la no colo para sempre.

O sino da catedral bateu meia-noite. Poucos minutos depois de soar a última nota, o mágico ouviu a porta da prisão abrir e depois fechar. E ouviu passos ecoando no corredor. Os passos vinham acompanhados de um chacoalhar de chaves.

— Quem está aí? — gritou o mágico. — Quem está aí que se anuncie!

Não houve resposta, apenas mais passos e a luz do lampião. Então o policial apareceu. Postou-se em frente à cela do mágico, pegou as chaves e disse:

— Estão esperando por você lá fora.

— Quem? — disse o mágico — Quem está me esperando?

Seu coração batia forte, incrédulo.

— Todos — disse Leo Matienne.

— Vocês conseguiram? Trouxeram o elefante? E Madame La Vaughn também?

— Conseguimos — disse o policial.

— Misericórdia. Oh, misericórdia! Agora preciso desfazer a mágica. Preciso tentar desfazê-la.

— É, agora depende de você — disse Leo.

Ele enfiou a chave na fechadura, girou o punho e abriu a porta da cela.

— Venha — disse Leo Matienne. — Estamos esperando.

Fazer algo desaparecer requer tanta mágica quanto fazer aparecer. Talvez até mais. Desfazer é quase sempre mais difícil.

O mágico sabia muito bem disso. Assim, ao sair para a noite fria e cheia de neve, finalmente livre após tantos meses, ele não se sentia feliz. Pelo contrário, sentia medo. E se tentasse e novamente não conseguisse?

Então, viu o elefante, grandioso e real, no meio da neve.

Era tão inverossímil, tão belo, tão mágico.

Mas não importava, tinha de fazê-lo. Precisava tentar.

— É ele — disse Madame La Vaughn para Adele, que estava em seu colo, agasalhada na manta de pele da nobre senhora —, é ele. Ele é o mágico.

— Ele não parece um homem mau — disse Adele. — Parece triste.

— É, mas estou aleijada — disse Madame La Vaughn —, e isso, acredite, é pior do que estar triste.

— Senhora — disse o mágico, voltando-se para Madame La Vaughn e fazendo-lhe uma reverência.

— Sim?

— Só queria fazer aparecer lírios.

— Acho que você não entendeu...

— Por favor — disse Hans Ickman —, por favor, eu lhes imploro. Sejam francos, falem do fundo do coração.

— Queria fazer aparecer lírios — continuou o mágico —, mas, desesperado para realizar algo extraordinário, invoquei uma mágica poderosa e, inadvertidamente, causei-lhe um terrível mal. Agora tentarei desfazer o que fiz.

— Mas depois vou poder andar? — disse Madame La Vaughn.

— Acho que não. Mas peço-lhe que me perdoe. Espero que me perdoe.

Ela olhou para o mágico.

— É verdade, não quis lhe fazer mal — ele disse. — Minha intenção não foi essa.

Madame La Vaughn bufou e se virou para o outro lado.

— Por favor — disse Peter —, o elefante. Está muito frio, e ele precisa ir para casa, onde é quente. Não pode fazer a mágica logo?

— Pois bem — disse o mágico, fazendo mais uma reverência para Madame La Vaughn e virando-se para o elefante. — Afastem-se todos vocês.

Peter pôs a mão no elefante.

— Desculpe — ele disse. — Agradeço o que fez por mim. Obrigado e adeus.

E se afastou também.

O mágico começou a andar em volta do elefante, falando consigo mesmo. Pensava na estrela que aparecia na janela. Pensava na neve, que demorara a chegar, e na vontade

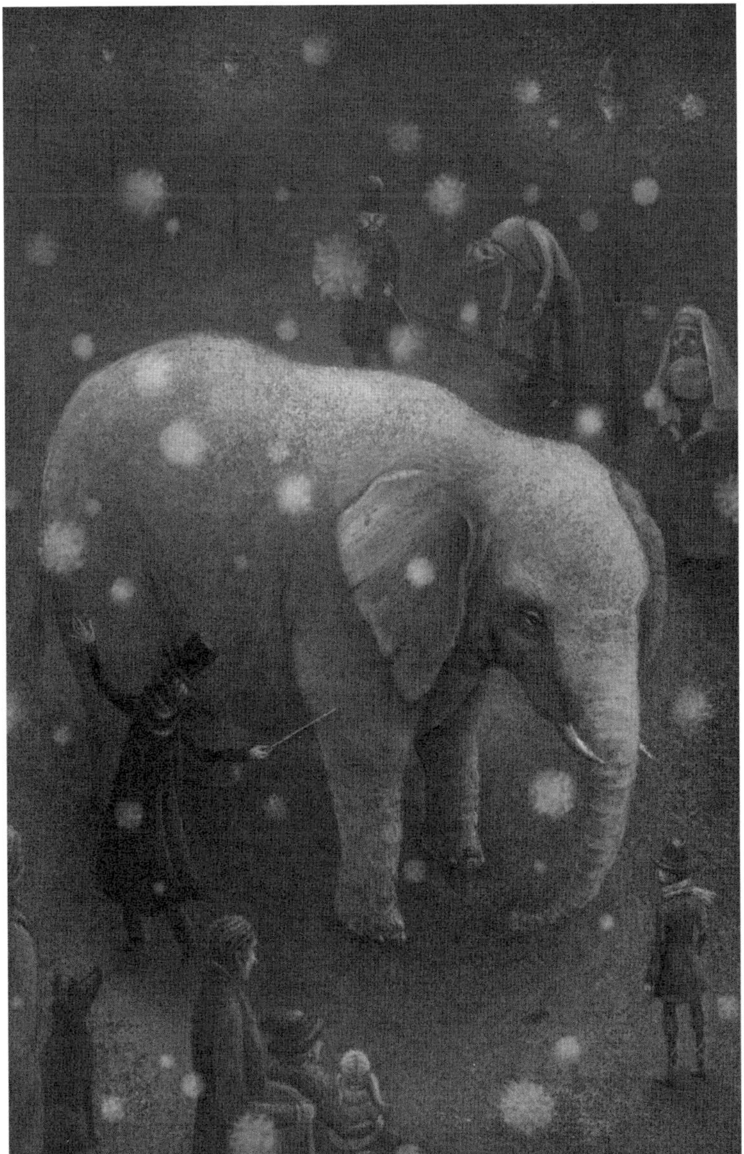

de mostrá-la para alguém. Pensava na expressão de Madame La Vaughn, interrogando, esperançosa.

Então começou a dizer a fórmula mágica. Disse de trás para a frente as palavras da fórmula invertida. Disse-a do fundo do peito, com a esperança de que realmente funcionasse, mas sabendo que havia um limite para o que podia ser desfeito, um limite que nem os mágicos podiam transpor.

Ele disse as palavras.

Parou de nevar.

As nuvens sumiram de repente, milagrosamente, e, por um instante, as estrelas brilharam com mais intensidade, milhares delas. O planeta Vênus cintilava, solene, no céu.

Foi Irmã Marie quem notou.

— Vejam! — ela disse. — Lá em cima! — Ela apontou para o céu, e todos olharam: Bartok Whynn, Tomás, Hans Ickman, Madame La Vaughn, Leo Matienne, Adele.

Até Iddo levantou a cabeça.

Só Peter continuou olhando para o elefante e para o mágico que continuava andando em volta dele, murmurando de trás para a frente as palavras da fórmula mágica invertida que o mandaria para casa.

Assim, Peter foi o único que o viu desaparecer. Foi o único que testemunhou a maior e última mágica realizada pelo mágico.

Num instante o elefante estava ali, no instante seguinte já não estava mais.

Foi simples assim.

Depois que o elefante sumiu, as nuvens voltaram, as estrelas se esconderam e voltou a nevar.

Era estranho que o elefante, que chegara a Baltese fazendo tanto barulho, deixasse a cidade de maneira tão profundamente silenciosa. Quando desapareceu, não se ouviu nada, apenas o tic-tic-tic da neve caindo.

Iddo ergueu o focinho e farejou. Soltou um latido grave, inquisidor.

— É — Tomás lhe disse. — Foi-se embora.

— Ah, bom — disse Leo Matienne.

Peter se inclinou para ver as quatro pegadas redondas impressas na neve.

— Foi-se embora mesmo — ele disse. — Espero que tenha chegado em casa.

Quando levantou a cabeça, o menino viu que Adele o fitava com os olhos arregalados e assustados.

Peter sorriu para ela.

— Para casa — ele disse.

Ela sorriu para o irmão, aquele mesmo sorriso: incrédulo, crédulo e depois feliz.

O mágico caiu de joelhos e escondeu o rosto nas mãos trêmulas.

— Para mim chega. E sinto muito. Realmente, sinto muito.

Leo Matienne pegou o mágico pelo braço e o levantou.

– Vai prendê-lo de novo? – disse Adele.

– É preciso – disse Leo Matienne.

Então Madame La Vaughn se pronunciou:

– Não, não. Não vai adiantar nada.

– Como? – disse Hans Ickman. – O que a senhora disse?

– Disse que prendê-lo não vai adiantar nada. O que aconteceu aconteceu. Vou deixá-lo livre. Não vou apresentar queixa. Assino o que for necessário. Soltem-no. Soltem-no.

Leo Matienne soltou o braço do mágico, que se virou para Madame La Vaughn e agradeceu com uma reverência.

– Senhora – ele disse.

– Senhor – ela respondeu.

E eles o deixaram ir.

Viram sua capa preta sumir, aos poucos, na neve que caía rodopiando, até desaparecer por completo.

E, quando ele sumiu, Madame La Vaughn sentiu um peso enorme abrir as asas e alçar voo. Ela soltou uma gargalhada, envolveu Adele com os braços e a apertou com força.

— Ela está com frio — disse Madame La Vaughn. — É melhor entrarmos.

— É — disse Leo Matienne. — Vamos entrar.

E foi assim que tudo terminou.

Silenciosamente.

Num mundo abafado pela mão gentil e misericordiosa da neve.

Capítulo dezenove

Iddo dormia próximo ao fogo quando vinha visitá-los.

E Tomás cantava.

Não costumavam ficar muito tempo.

Mas suas visitas eram bem frequentes, e Leo Matienne, Glória, Peter e Adele acabaram aprendendo a cantar, junto com Tomás, suas belas e estranhas canções que falavam de elefantes, da verdade e de ótimas notícias.

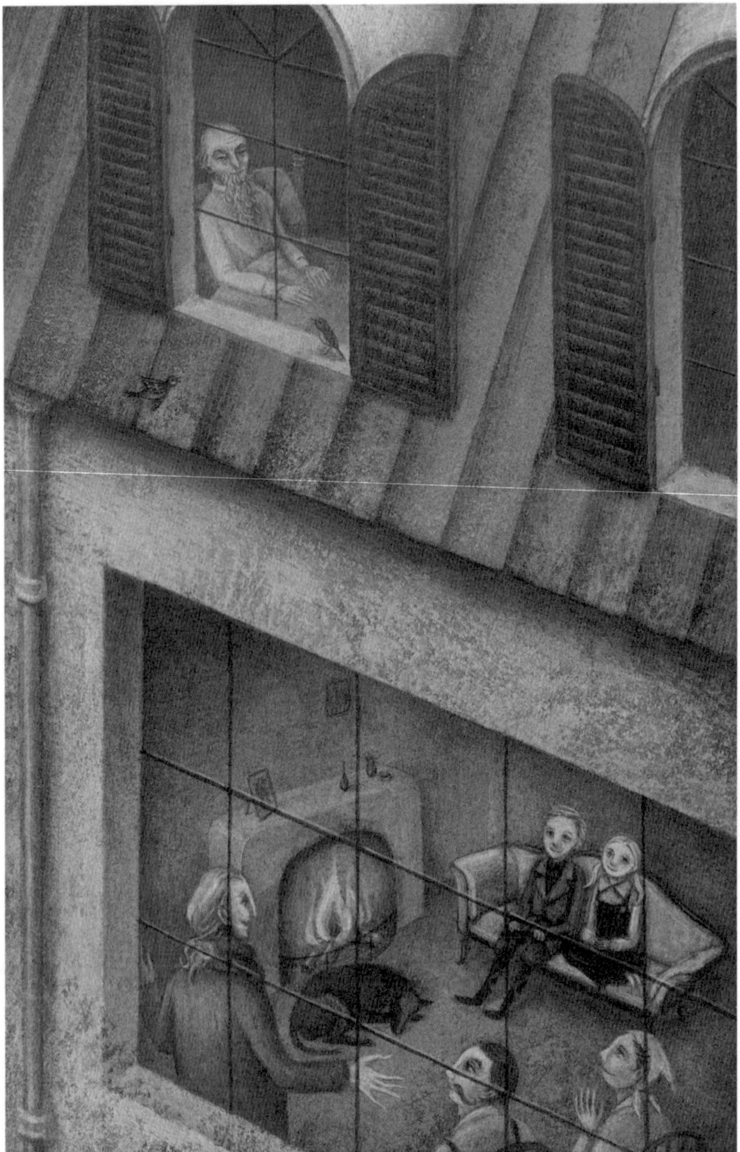

Muitas vezes, quando estavam cantando, ouviam batidas vindas do apartamento do sótão.

Geralmente era Adele quem subia as escadas para perguntar o que Vilna Lutz queria. Ele nunca sabia responder. Dizia apenas que estava com frio e pedia que fechassem a janela; às vezes, quando a febre era muito alta, ele deixava Adele sentar-se ao seu lado e segurar sua mão.

— Precisamos flanquear o inimigo! — ele gritava. — Onde, onde está meu pé?

Depois, desesperado, dizia:

— Não posso levá-la. Não posso. Ela é pequena demais.

— Shhh — dizia Adele. — Pronto, pronto.

Ela esperava o velho soldado cair no sono e, então, voltava para o andar de baixo onde Glória, Leo e o irmão a aguardavam.

Quando ela entrava, Peter sempre tinha a sensação de que tinham ficado muito tempo sem se ver. Seu coração batia forte no peito, surpreso e feliz com o reencontro, e ele se lembrava novamente da porta do sonho e do campo dourado de trigo. Toda aquela luz, e ali estava Adele, diante dele: aquecida, protegida e amada.

Enfim, estava tudo conforme ele prometera à mãe.

O mágico tornou-se criador de cabras e se casou com uma mulher desdentada. Ele amava a esposa, ela o amava, e eles viviam com as cabras numa cabana ao pé de uma colina íngreme. Às vezes, nas noites de verão, subiam a colina para contemplar as constelações do céu noturno.

O mágico mostrava a estrela que vira tantas vezes na prisão. Sentia que aquela estrela o mantivera vivo.

— É aquela ali — ele dizia, apontando. — Não, aquela.

— Não importa qual seja, Frederick — dizia a esposa gentilmente. — Todas são bonitas.

E eram mesmo.

Ele nunca mais fez mágica.

O elefante teve uma vida longa. E, apesar do que dizem sobre a memória dos elefantes, ele não se lembrava de nada do que tinha acontecido. Não se lembrava do teatro, do mágico, da condessa, de Bartok Whynn. Não se lembrava da neve que caíra tão misteriosamente do céu. Talvez aquilo tudo fosse doloroso demais para ser lembrado. Ou talvez tivesse a sensação de que fora tudo um pesadelo que era melhor esquecer.

Mas, às vezes, quando andava pelo capim alto ou quando descansava à sombra das árvores, ele via o rosto de Peter e tinha a impressão singular de que alguém realmente o encontrara e o salvara.

O elefante sentia-se grato, embora não soubesse a quem nem por quê.

Assim como o elefante se esqueceu da cidade de Baltese e de seus habitantes, eles também se esqueceram do elefante. Seu desaparecimento causou rebuliço, mas depois foi esquecido. Tornou-se uma história inacreditável que desvaneceu com o tempo. Logo deixaram de falar na aparição milagrosa e no sumiço inexplicável; aquilo era inverossímil demais para ter acontecido, para ter sido verdade.

Capítulo vinte

Mas tinha acontecido.

Ainda há pequenos indícios desses eventos fabulosos.

Na alta sacada da mais imponente catedral de Baltese, escondida entre as gárgulas amarguradas e raivosas, há uma imagem em relevo de um elefante sendo conduzido por um menino. O menino está carregando uma menina no colo, e uma de suas mãos está pousada no animal. Atrás deles vão um mágico, um policial, uma freira, uma nobre senhora, um criado, um mendigo, um cão e, por fim, um corcunda baixinho.

Uma personagem se apoia na outra; todas estão ligadas, com a cabeça voltada para a frente num ângulo que dá a impressão de estarem olhando para uma luz forte.

Se algum dia você viajar para Baltese e perguntar aos cidadãos onde fica a catedral, tenho certeza – absoluta certeza – de que encontrará alguém para lhe mostrar o edifício, as gravuras em relevo e a verdade que Bartok Whynn deixou ali, entalhada nas pedras.

Agradecimentos

Essas pessoas andaram comigo numa longa noite de inverno: Tracey Bailey, Karla Rydrych, Lisa Beck, Jane St. Anthony, Cindy Rogers, Jane O'Reilly, Jennifer Brown, Amy Schwantes, Emily van Beek e Holly McGhee. Serei eternamente agradecida a elas.

Impresso por :

Graphium
gráfica e editora

Tel.:11 2769-9056